미숙이

미숙이

신혜인 지음

좋은땅

1.

올해로 5살이 된 나는 넷째. 즉 동생을 배에 품고 계시는
통통 부은 외모의 엄마와 손을 잡고 작은 들꽃이 만발한 폐 철길
을 걸었다.
발끝으로 전해져 오는 땅속의 바스락함과 은은하게 풍겨 오는
엄마의 살내음이 마냥 어린것의 마음을 간지럽혔다.

"엄마! 다음번에는 동생이 태어나면 언니야들하고도 같이 올까?"

"그럴까?"

엄마는 차갑지도 뜨겁지도 않은 온도를 싣고 흩날리는 바람과
참으로 어울리는 음색으로 따스이 대답했다.
사람의 기분을 좋게 만드는 옅은 미소는 덤이었다.

나와 엄마는 두 언니가 학교에 가고 나면 가끔 폐 철길을 찾았다.
특별할 것은 없었지만 그냥 그 장소가 좋은 것 같았다.
천천히 걷고, 또 풀내음을 맡다 보면 나는 슬 잠이 찾아오곤 했다.
그럼 꼭 안장 같은 엄마의 배 위에 걸터앉은 채 집으로 돌아갔다.

집으로 돌아간 엄마는 꽤나 불룩한 배의 산모 같지 않게 매우 분

주했다.
곧 회사에서 돌아오시는 아버지와 두 언니의 밥상을 차려야 했기 때문에.
엄마가 부엌에서 바삐 움직일 때면 나는 나무로 된 마루에서 언니가 가져 놀다 놔둔 작은 돌멩이로 공기놀이를 흉내 내곤 했다.

"다녀왔습니다!"

두 언니가 흙을 잔뜩 묻힌 채 집으로 냅다 뛰어 들어왔다.
아마 또 또래 친구들과 학교 뒷산에서 너구리를 찾아 다녔나 보다.
당시 허풍쟁이로 소문이 났던 동네 이발소 아들이었던 금수가 이번에는 너구리를 본 게 확실하다며 아이들을 선동하여 이 산 저 산을 후비고 다녔던 탓이다.
둘째 언니가 마루로 냅다 달려들었다.
흡사 먹이를 쫓는 독수리 와도 같았다.
늠이의 신발이 마당 위로 나뒹구는 걸 보니 아마 미숙이가 자신의 돌멩이를 가지고 놀다 잃어버린 것을 직감했나 보다.

쿵!
나보다 세 살 많았던 늠이 언니는
자신의 물건을 다른 이가 만지는 것은 결코 용납하지 못하는 깍쟁이였다.

결국 오늘도 둘째 언니에게 머리통을 쥐어박힌 나는 엄마 품에서 세상이 떠나가라 꺼이꺼이 울어 댔다.
"쫌!"

해가 눕고 나서야 무거운 소리를 내며 우는 철문을 열고 아버지가 들어오셨다.
서글서글한 인상에 또래 아저씨들보다 한 뼘은 더 커 뵈는 키를 가진 아버지는
이 동네에서 연애편지를 꽤 많이 받았다는 소문이 있다.
항상 시끌벅적한 집에서 오늘따라 내 울음소리는 더욱 서럽고 처량하다.
아빠는 겉옷도 벗지 않은 채 콧물이 범벅이 된 나를 번쩍 들어 올렸다.

"우리 미숙이가 왜 이래 서럽게 울고 있을꼬?"
"아부지 끅, 늠이 언니야가 끅, 머리 때렸으요, 끅 끅."

아빠의 품속에서 언니의 만행을 고하던 나는 왠지 더 서러워졌다. 그깟 돌멩이 좀 만지다가 잃어버릴 수도 있지! 잔머리 한 올 나오지 않게 머리를 댕강 올려 묶고 씩씩거리고 있는 작은언니가 오늘따라 더 마귀할멈 같아 보였다.

"마귀할멈."

세 자매가 사는 이 파란색 슬레이트 지붕 아래는 지나가는 동네 아주머니들도
고개를 한번은 휘젓고 지나갈 만큼 언제나 시끌벅적했다.

오늘은 이상하게 모든 것이 천천히 가는 기분이었다.
집 앞 냇물도 졸졸 흐르는 것이 꽤 더뎌 보였다.
늘 모범생이던 큰언니도 늦잠을 자서 엄마가 싸 둔 도시락만 홀랑 챙겨
무거운 철문을 열고 냅다 뛰쳐나갔다. 그 뒤로 작은언니도 뛰었다.

"밥은 먹고 가야지!"

이미 사라진 두 언니의 등뒤로 덩그러니 남겨진 엄마 목소리만이
천천히 허공에서 사라졌다.
아침부터 설쳐 대던 두 언니 때문에 엄마는 숨을 한번 훅 쉬었다.
그렇게 오늘도 물레방아 돌아가듯 똑같은 하루가 시작되었다.
마당에서 빨래를 너는 엄마의 뒷모습.
나를 안아 재우는 엄마의 품.
부엌에서 저녁밥을 준비하는 엄마의 분주한 손가락.
왠지 오늘 5살의 나는 느릿느릿 모든 게 멈출 것 같은 기분을 받

았다.

"엄마 오늘은 더 놀다가 자면 안되나? 더 놀고 싶은데…"

어리광을 부렸다.
엄마는 그런 나의 머리를 한번 쓰다듬고 지긋이 내려다보면서
그러자고 싱긋한 미소를 지어 보였다.

"대신 조금만이야."

불룩한 배가 불편한지 엄마는 배를 쓰다듬었다.
배가 꿀렁거리는 것 같기도 하고 잠잠한 것 같기도 하고 그랬다.
잠든 언니들 몰래 이리 저리 물건을 만져 보던 나도
더 이상은 버티기가 힘이 들어 잠이 들었다.

비가 쏟아졌다.
모두 잠든 새벽 빗물은 시끄럽게 찾아왔다.
파란색 슬레이트 지붕으로 몸을 내려 꽂는 것 같았다.

투둑 투둑.

엄마의 신발도 금세 젖어 들어갔다.

"음… 으… 윽…"

코인지 입인지에서 새어 나오는 신음 소리가 방안을 채웠다.
그 소리에 먼저 눈이 떠진 건 나였다.
고사리만 한 손에 축축한 것이 쥐어졌다. 감촉이 기분 나빴다.
식은땀으로 흠뻑 젖은 엄마의 윗도리에서 손을 띄며 엄마를 불렀다.

"엄마?"

한손으로 나를 다시 눕히는 익숙한 몸짓이 느껴지질 않았다.
엄마는 한동안도 뒤척거리며 신음에 힘들어했고 그 소리에 아버지도 눈을 떴다.
아버지의 손끝에서 사람의 실루엣만 보이던 방은 금세 모든 것이 선명해졌다.
식은땀이 행진하듯 온몸이 젖은 엄마는 눈을 뜨지 못했다.
그저 끙끙 앓고 있기만 할 뿐이었다.
환하게 밝혀진 방 불에 두 언니도 눈을 비비며 몸을 일으켰고
큰언니는 불안해하는 나와 작은언니를 끌어안았다.
한 손에 쥐어진 내 어깨에 힘이 강하게 실렸다.
부모가 다급히 사라진 밝은 공간에서 세자매는 목이 터져라 울었다.

아빠는 몸도 가누지 못하는 엄마를 업다시피 하고 억수같이 퍼부어 대던 빗속을 사라졌다.
오늘 하루 중 제일 빠르게 흘러가는 시간 안이었다.

끼이익 쾅!
무거운 소리를 내는 철 대문이 열렸다.
우산을 대충 바닥에 던지다시피 하고 방으로 들어가는 근처에 살던 고모였다.
무언가가 좋지 않은 상황인 것 같다.
평소 남편과 사이가 좋지 않아 늘 불만에 가득 차 보이는 고모였지만
그날은 고모의 안색이 다른 의미로 좋지 않았다.
고모는 자매의 옷을 여며 입히고 동네 작은 의원으로 향했다.
방앗간 옆 옆에 위치한 의원은 평소엔 7시면 불이 꺼지는 곳이었지만 간혹 출산하는 산모가 있으면 불이 켜지곤 했다.
오늘은 자정이 훌쩍 넘은 시간에 꽤 큼직한 문짝 너머로 빛이 새어 나오고 있었다.
한동안 잠들어 있었던 듯 모든 것이 차분한 의원 안에서 엄마는 보이지 않았다.
초조하게 서성거리는 아버지만 계셨다.
이내 머리가 조금 벗겨진 의사가 안쪽에 위치한 문을 열고 나왔다.

"산모가 임신중독증 상태였고 아이가 바로 서 있어서 산모도 아이도 위험한 상태였습니다. 노력해 보았지만 죄송합니다."

의사는 고개를 살짝 숙이곤 조금 벗겨진 머리칼을 쓸어 넘기며 안쪽에 위치한 문으로 다시 사라졌다.
손발에 힘이 풀린 듯해 보이는 아버지는 쿵 주저앉았다.
멍하니 한곳만을 응시한 채 한동안 미동도 없이 앉아 있다가 이내 울음을 터트렸다.
그런 아버지를 고모는 눈높이를 맞추고 앉아서는 아버지의 어깨를 쳐 대며 '아이고 어쩌누 아이고'를 반복하기만 했다.

큰언니와 작은언니는 아버지의 눈물에 소리 내어 따라 울기 시작했다.
안쪽에 위치한 방에서는 아기의 울음소리 대신 적막감만 감돌았다.
더 이상 고통에 신음하던 엄마의 숨소리도 들리지 않았다.
오늘은 이상하게 느리게 가던 날이었다.
이 순간도 더디고 더디게 아주 조심히 한 발짝을 내딛기만 할 뿐이었다.

5월의 비가 구슬프게 휘몰아 치는 어느 밤
우리 세자매에게 엄마의 빈자리만 남겨 두고 엄마는 동생과 먼 길을 떠나셨다.

어느 날 갑자기 예고 없이 찾아온 엄마의 빈자리를 어린 나는 이해를 할 수 없었고 그렇게 끝없는 기다림이 시작되었다.
울면 품속에 안고 엉덩이를 토닥여 주던 엄마는 목이 쉴 때까지 울어도 더 이상 안아 줄 수도 없었고 엄마와 자주 갔던 폐 철길에 앉아 엄마를 한없이 기다리며 울다 지쳐 잠드는 일이 다반사였다.
매일 엄마를 애타게 찾는 작은 꼬마였던 나를 언니는 업고 나와 달빛이 비추는 작은 돌담 위에 앉혀 놓고 이야기를 했다.

"미숙아, 언니 말 잘 들으래이. 엄마는 동생이랑 저 하늘나라에 가서 이제 올 수가 없다.
하늘에 보면 제일 큰 별이 있는데 그 별이 엄마가 있는 별이다. 엄마가 보고 싶으면 큰 별을 보면 된다 알겠제?"

그 이후로 엄마가 그리운 날이면 하늘을 보는 습관이 생겼다.
5살의 어린 아이에게 찾아온 첫 번째 느린 이별을 했다.
우리에게만 찾아온 이별은 아니었다.
동네에서 금슬 좋기로 소문난 부부였는데 그 반쪽이 사라져 버렸으니…
어둑한 시간임에도 늘 같은 시간 무거운 소리를 내는 철문을 가볍게 밀고 출근하시던 아버지는 온데간데없어졌다.
엄마가 떠나간 지도 시간이 꽤 지났건만 매일 아버지의 옆은 속이 비어진 술병들이 나뒹굴었다.

술에 취해 익숙하지 않은 아버지의 모습이 우리를 더욱 불안하게 만들었고
우리의 불안함은 무색하게도 아버지는 모든 걸 자포자기한 듯 마루청에 앉아 유리 너머 어딘가를 응시하며 목구멍으로 술을 털어 넣었다.
그런 아버지 옆을 에워싸는 건 뿌연 담배 연기뿐이었다.
멍해 보이다 가도 또 아닌 것 같기도 하며 날이 갈수록 아버지는 야위어 갔다.
아버지의 영혼이 가끔 엄마를 만나러 다녀오는 듯해 보이는 날도 있었다.
비쩍 말라 둥글게 말아진 아버지의 등은 엄마의 부재를 여실히 보여 주었다.
동네 사람들도 그런 아버지를 보며 혀를 끌끌 차며 안타까워했다.
평소 잘 찾아오지 않던 고모는 매일 수시로 찾아왔다. 문 앞에 서서 집안을 바라보던 고모는 한숨을 연달아 쉬고 엄마 없는 태가 물씬 나는 아이들을 씻기고 먹이고 했다.
눈물이라곤 없을 것 같은 조금 무서워 보이기까지 하는 고모가 아버지를 붙잡고 소리 내어 우는 날이 더러 있었다.
엄마 대신 고모의 보살핌 속에서 시간은 어찌 저찌 매몰차게 흘러 갔다.
그사이 큰언니는 더 자랐다. 엄마의 부재가 언니의 마음을 자라게 한 것 같았다.

제정신이 아닌 것 같은 아버지와 엄마를 찾는 두 동생은 어린 언니에게도 참 버거웠을 테지만 언니는 꿋꿋이 자기 일을 해냈다.
그러곤 다들 잠든 새벽에 집 뒤에 자리했던 장독대 사이에서 조용히 울었다.
그래도 파란색 슬레이트 지붕아래 이 집은
조금은 부족하더라도 나름 알차게 채워지며 시간은 흘러갔다.

세상의 모든 이별은 시간이 약이라고 했던가요.
너무나 빨랐던 그래서 더 아팠던 내 어머니와의 이별도
시간이 약이었나 봅니다.
어느덧 그 빈자리도 익숙해지는 계절이 찾아왔으니까요.

3년이 지났다.

막내 꼬맹이였던 나도 초등학교에 입학을 했다.
아버지와 언니들 덕에 엄마의 그리움도 덮어 두고 잘 지낼 수 있어 살도 제법 통실하게 올랐다.
짧았던 머리도 꽤 길어 어깨를 넘기고 있었고 나름 활발하게 커가는 중이다.
깍쟁이였던 작은 언니도 의젓해져서는 더 이상은 나를 괴롭히지 않았다.
큰언니는 아직도 가끔 장독대 사이에서 남몰래 우는지도 모르겠다.

다들 자기 자리에서 잘 자라 가고 있는 것은 확실한 듯 보였다.

오랜만에 큰 기럭지에 잘 어울리는 정장을 차려 입고 나온 아버지의 모습은 멋있었다.
아버지 눈치에는 썩 맘에 들어 보이진 않았지만 고모는 아버지의 옷을 정성스레 털어 주며 힘을 보태어 주었다.
고모의 손끝에서 작은 먼지들이 털어져 나가 허공을 맴돌았다.

"잘 생각했다. 애들도 아직 엄마가 필요한 나이고 잘 생각했다 고마!"

고모의 목소리를 뒤로 하고 아버지는 구두소리를 탁탁 내며 철문을 밀고 나갔다.
날이 지나가면서 가끔 정신을 놓고 살았던 아버지도 엄마의 빈자리에 매일 눈물바람이었던 세자매도 차츰 정신과 마음을 다잡고 평화로운 일상을 보내던
어느 날 아버지를 따라 낯선 향기를 풍기는 긴 생머리의 여자가 우리집 마당으로 들어섰다.
낯선 여자를 경계하며 애써 마당에서 흙을 파내는 일에 몰두하며 꽃씨를 심고 있는데 귀에 쏙 박혀 드는 쨍한 목소리가 들렸다.

"안녕?"

하얀 이가 활짝 보이게 웃으며 세자매에게 인사를 건네는 모습이 긴 생머리와는 반대로 키가 작은 그 사람은 별이 된 '우리' 엄마와는 너무 다른 분위기의 여자였다.
코 끝을 찌르는 약간 들큰한 향수 냄새가 그 여자의 첫인상을 단정 짓게 만들었다.

'별로다.'

들큰한 향수냄새를 풍기던 여자는 얼마 안 가 파란색 슬라이트 지붕 아래로 자신의 짐들을 바리바리 싸서 분주하게 이사를 왔다.
정확히는 새어머니가 되었다.
새어머니는 기존의 것들을 많이 변화시키면서 자신만의 자리를 확고히 잡아가는 듯해 보였다.
첫 번째 변화로 그해 아버지를 쏙 빼어 닮은 다른 의미의 넷째 남동생이 태어났다.
눈매가 아버지를 많이 닮아 있어 신기했다.
딸 셋만 있던 아버지는 아들의 존재는 가히 안 기쁠 수가 없었고 우리도 고사리 같은 신생아의 손가락이 마냥 신기했다.
그리고 두 해 뒤 남동생의 엄마를 쏙 빼 닮은 다섯째 여동생도 태어났다.

2.

변화가 많았던 날이 두 해 더 지나갔다.
신생아였던 넷째 승서와 다섯째 진애도 빠른 속도로 성장했다
우리와 같이 사는 동안 새어머니는 많이 변했다.
상냥하지는 않았어도 그럭저럭 이정도면 괜찮다 생각했던 성격은 몇 개월이 채 지나기도 전에 짜증 가득하게 변했다.
그 짜증은 점차 폭력성으로 변화하기 시작했고 나와 언니들을 못살게 굴기 시작했다.
나름 규모가 큰 직물 공장에 근무하시고 아버지는 야근이 잦아 집에 못 들어오시는 날이 많으셨는데 그런 날은 실컷 두들겨 맞은 후에 어김없이 굶었다.

짝-

큰언니의 고개가 휙 돌아갔다.
새어머니는 승서와 진애에게만 저녁밥을 먹였다.
머리가 컸던 큰언니는 새어머니에게 할 말을 하며 대들었고
'엄마'에게 대들었다는 이유로 흠씬 두들겨 맞았다.
윗옷을 잡아당겼다 밀쳤다를 반복하며 머리, 몸, 얼굴 가릴 것 없이 손이 닿는 대로 힘을 실어 내려쳤다.
분이 풀릴 때까지 언니를 때린 새어머니는 손을 탁탁 털고는 방으

로 휙 들어갔다.

언니는 얼굴이 붉게 퉁퉁 부어올랐다. 머리칼도 쥐어 뜯겨 엉망진창이었고

입술에 옅게 피도 베어 나오고 있었다.

구석에서 울고 있던 나와 작은언니를 의식했던 건지

언니는 엉망진창인 머리칼을 정리하고 따가웠는지 미간도 살짝

찌푸리며 입술을 손등으로 닦아 냈다.

밥과 반찬을 대충 부엌 바닥에 내려 놓고 와서 먹으라는 듯 손짓을 했다.

"언니는 괜찮다. 고만 쳐다보고 얼른 밥 묵으라."

한 숟갈 가득 담아 올린 숟가락 끝엔 진동이 쉴 새 없이 울렸다.

갑자기 작은 언니가 울음을 터뜨렸다.

아무 말도 없이 밥알만 목구멍으로 넘기고 있던 나는 언니의 눈물에

덩달아 울어 버렸다.

새어머니는 부엌에 볼일이 있었는지 들어왔다가 밥을 먹고 있는 우리를 보았고

소리를 꽥 지르며 다가와 언니의 머리채를 한 번 더 잡았다.

아프다는 소리 한번 내지 않는 언니에게 화가 났는지
냉장고 옆쪽에 세워 두었던 커다란 대나무 빗자루를 집어 들더니
언니의 등과 다리를 인정사정없이 내리쳤고 그 과정에서 언니의
다리가 부러졌다.

우리는 그날 이후로 말수가 부쩍 줄어들었다.
파란색 지붕 밑에 살던 세 자매의 목소리 대신 어느 순간부터는 승서와 진애의
노랫소리와 웃음소리로 가득 채워졌다.
그리고 언니의 다리도 붓기가 빠지고 뼈가 붙어 갔다.

계단에서 굴러 다리가 부러진 줄 아는 아버지는 아직 아무것도 모르는 눈치다.
언니는 아버지에게 사실을 말하지 않았고 몇 날 며칠을 생각에 잠겨 있는 듯했다.
아버지에게 용돈을 받아 쓰던 언니가 갑자기 말을 건네 왔다.

"미숙아 아이스크림 사 줄까?"

두 손에 아이스크림을 쥔 나는 오랜만에 너무 신이 났다.
친구들이 먹는 아이스크림이 너무 먹어 보고 싶었기에 슬픈 건지
어두운 건지 모를 두언니의 표정은 안중에도 없었다.

한참을 언니들과 골목을 걸었다. 아이스크림이 빨리 사라질까 조금씩 핥아 먹던 나를 집 앞 골목 끝에서 언니가 붙잡아 세웠다. 그리고 눈을 맞춰 앉아 이야기를 꺼내었다.

"미숙아. 언니들이 잠시 어디를 좀 가야 하는데 니는 못 데려간단다… 그래서
열 밤만 자고 있으면 데리러 올게. 아부지 말씀 잘 듣고 기다리고 있을 수 있제?"

"왜? 어디 가는데? 나도 가면 안 되나. 새어머니 무섭다. 언니야. 내 조용하게 말 잘 듣고 있을 테니까 나도 데려가라 응?"

"안 된다. 딱 열 밤만 자고 바로 데리러 올게. 그때까지 조금만 기다리고 있으래이…"

작은언니는 뒤돌아 서서 어깨를 들썩거렸고
영희 언니는 뺨에 흐르는 눈물을 재빠르게 닦아챘다.
그리고 결심한 듯 일어나 뒤도 돌아보지 않고 같이 걸어온 골목 끝으로 사라졌다.
엄마였고 언니였고 친구였던 언니들과 짧은 인생에 벌써 두 번째 이별을 맞았다.

3.

언니들이 떠났고 열 밤은 지나갔다.
꼭 데리러 오겠다던 언니들은 숱한 밤이 지나도 오지 않았다.
언니들이 가 버린 후 나에게는 오래전부터 고착된 나쁜 습관 하나가 생겼다.

"잘못했어요."

등 짝에 낭창한 회초리의 자국이 생겼다.
살이 찢어질 것 같은 고통에 나는 바닥에 납작 엎드려 빌었다.
이렇게 빌면 때리지 않을 것 같았지만 새어머니는 그런 걸로 멈출 사람은 아니었다. 팔다리 어디 하나 성한 곳 없이 회초리 자국이 선명하게 남았다.
이 상처가 아물기도 전에 새로운 상처는 자꾸 생겨났다.

구부정하게 구부린 자세로 주린 배를 붙잡고 부엌으로 가 솥에 남아있는 눌러 붙어 탄 밥을 손으로 뜯어 먹었다. 근데 그 모습을 승서가 본 참이다.
가만히 문턱 위에 서서 나를 보더니 이내 어디론가 쪼르르 달려갔다.
그리고 머리를 틀어 올린 새어머니가 문턱을 넘어 다가와 내 머리채를 잡아 흔들었다.

"이 쥐새끼 같은 년이."

골이 흔들려 뒤섞인 기분이 들었다.
일그러진 표정으로 젓가락을 하나 집어 들더니 아궁이로 성큼성큼 걸어갔다.
뒷모습만 보아도 오금이 저리고 바지에 실수를 할 것만 같았다.
이리 저리 손을 움직이더니 내 쪽으로 몸을 돌렸고
그 악마의 손에는 시뻘겋게 달궈진 젓가락이 들려 있었다.
생각조차 할 겨를 없이 나에게 다가왔다.
너무 공포스러웠다.
두들겨 맞는다는 사실보다 저 표정으로 나에게 달려 들 때의 그 시간이 너무 공포스러웠다. 살가죽만 붙어 여리여리한 팔뚝은 달궈진 젓가락에 뭉그러져갔다.
처음 겪어 보는 고통점은 쓰라리다 못해 아주 감각이 사라질 정도였다.
온몸에 식은땀이 흐르고 몸이 파르르 떨렸다.
눈앞이 아득해지면서 나도 모르게 소리를 질러 댔다.
소리를 지르며 운다고 뺨을 여러 대 맞았는데 입안으로 비린 피가 고였다. 아마 입안 어디가 찢어진 모양이다.
붉게 부어오른 얼굴은 땀과 콧물이 범벅이 되었고 공포감에 소리

를 지르며 우니 입밖으로 침과 피가 뒤섞인 것이 튀어나왔다. 그것을 본 새어머니는 더럽다며
나를 때릴 때 주로 쓰던 먼지털이 가져와 손잡이 뒷부분으로 목과 입을 쿡쿡 쑤셔 댔다.
살려달라 애원하며 이대로는 오늘 정말 죽을 것 같다는 생각이 공포스럽게
들 때 즈음 앙상한 몸을 매정하게 내려치던 매질이 멈췄다.
납작 엎드려 머리를 움켜쥐고 한참을 숨조차 크게 쉬지 않고 기다렸다.
씩씩대던 호흡이 멀어져 가고 겨우 숨이 터져 나왔다.
피부는 뜨겁다 못해 얼어붙은 것 같은 냉함이 느껴졌고 슬픔조차 느껴지지
않았다. 입 안은 찢어져 한동안 물도 마시기 힘들었다.

"잘…못했어요… 잘못했어요… 다신 안 그럴게요."

매일매일이 이어지는 이 학대에는 정당한 이유 따위는 없었다.
진물이며 상처가 많다 보니 새어머니는 학교에 자주 보내 주지 않았다.
학교에 가기 위해서는 추우나 더우나 많이 작아졌지만 예전에는 꼭 맞았었던
긴 옷들로 몸을 가려서야 가끔 학교에 가는 것을 허락했다.

굶는 날이 많아지면서 점차 또래보다 확연하게 작은 것이 눈에 보이고
안 그래도 앙상한 몸은 더욱 비쩍 말라 갔다.
손톱에 때가 끼고 온몸에는 흉터와 멍이 지워질 날이 없었고
다 늘어난 옷을 입고 다니던 꾸질한 나는 친구들도 놀려 대며 어울려 주지 않았다.
나 혼자 이 지옥 같은 집에 남겨 두고 간 언니들을 많이 원망하기도 했다.
아버지는 나의 상황을 알지 못하는 건지 새엄마의 횡포는 나날이 잔인해져 갔다.
냉장고같이 차가운 골방에 누워 자다 보니 감기에 걸렸다.
콧물이 나고 머리가 아파 오면서 어지럽기까지 했다.
그런 나를 동생들과 놀아 주지 않는다며 새어머니는 현관문 앞에 세웠다.
거침없이 옷을 하나하나 다 벗겨 내기 시작했다. 맥없이 간신히 버티고 있던 몸뚱아리는 이리 저리 갈대마냥 휘청거렸다.
젖가슴이 볼록하게 드러났다.
사춘기를 접어든 상처투성이인 몸이 그대로 드러나자 몇 대 쥐어박더니 밖으로 나가라는 손짓을 했다.
귀찮은 듯 손가락 하나만 휘이 휘이.

"잘못했어요. 잘못했어요. 문 좀 열어 주세요."

현관문을 두드렸다. 힘껏 두드렸다간 또 매질을 당할 것이 뻔했지만
차가운 온도가 온 몸을 감싸 안아 주는데 매번 느끼는 온도지만서도 너무 소름끼쳤다. 절대 익숙해지지 않을 느낌이다.
철로 된 현관문은 '챙챙' 소리를 요란하게 내었지만 굳건히 닫혀 열리지 않았다.
나쁜 습관이 또 나왔다.
무엇이 잘못인지도 모르면서 그저 빌고 또 빌었다.
집 밖에 쫓겨나는 일은 빈번했기에 손가락 발가락은 동상에 걸려 성한 곳 하나 없이 엉망진창이었다.

나는 늦은 초경을 맞이했다.
바지 위로 피가 베어 나왔다. 그런 줄도 모르고 진애가 꾸덕한 내 머리를 만지고 논다기에 바닥에 앉았다가 방바닥이 핏자국에 더러워졌다.
그것을 본 새어머니는 나무로 된 먼지털이를 가져왔고 종아리를 여러 번 내려쳤다. 그 고약한 행위가 끝나고 집 옆에 위치한 작은 헛간으로 쫓겨났다.
매일 밤낮으로 집안에서 내 비명 소리가 새어 나갔다.

어둑해져 가는 헛간에 혼자 있는 것이 무서워 부어오른 다리를 여

러 번 쓸어내리고 쪼그려 앉아 하늘을 바라봤다.
밝은 색과 어둠이 어울리게 공존하는 하늘에는 벌써 달과 별이 찾아왔다.
예전 언제인가 언니가 엄마는 별이 되어 우리 곁을 지켜 주신다 했던 말이 떠올라 제일 반짝이는 별을 찾아보았다.
작은 별과 함께 빛나고 있는 큰 별이 꼭 엄마와 동생 같은 기분에 5살 이후론 불러 보지 못했던 이름을 입에 담아 보았다.

"엄마…"

별은 대답이 없었다.
어렴풋이 기억나는 엄마가 오늘따라 왜 이리 보고 싶은지 모르겠다.
가슴에서 울컥 올라오는 뜨거운 것을 삼켜 내 봤지만 더 이상 삼켜지지 않았다.
엄마의 살내음도 다시 맡고 싶고 엄마의 체온도 다시 느껴 보고 싶고
엄마의 사랑도 다시 받고 싶었다. 엄마에게 어리광도 부리고 싶었다.
너무 그리운 밤이다.
흙바닥에 손톱으로 글씨를 새겼다.

'엄마'

흙바닥에 진하게 새겨진 두 글자는 눈물에 젖어 들어갔다.
몇 시간쯤 지나자 덜컥거리는 소리를 내며 문이 열렸다.
눈이 애법 찢어져 올라간 새엄마의 들어오라는 신호였다.
그사이 생리혈이 묻은 엉덩이 부분은 얼어붙어 딱딱해져 있었다.
바지는 엉망이었고 집으로 조심히 들어가 화장실로 들어갔다.
눈물이 콧속으로 넘어가고 앞을 아른하게 만들었다.
손등으로 쓱 문질러 닦아 내 보아도 이내 다시 앞을 가렸다.

'후'

계집년이 울면 재수가 없다는 말을 입에 달고 살던 새어머니에게
우는 모습을 보였다간 이번에는 밖에서 밤을 지새워야 할 수도 있기에
숨을 한번 내뱉고 마음을 추슬렀다.
차가운 물로 딱딱한 피딱지를 꼼꼼히 씻어 내고 물기를 최대한 짜 낸 후 허공에
바지를 힘껏 툭툭 털어 냈다. 차갑고 축축한 옷을 다시 입고
하얀 천을 한 장 옷 속에 숨겨 방으로 들어와 언니가 했던 모습을 기억 속에서 쥐어짜 내며 대충 뒷정리를 했다.

오늘은 아버지가 출장을 가신 날이다.

그 사실이 나에겐 너무나 절망적으로 다가왔다.

아버지가 고급스럽게 차려 입진 않으셔도 깔끔한 복장으로 철 대문을 삐걱 소리를 내며 나서고 난 후 나는 새어머니의 손끝에 붙잡혀 끌려가다시피 어두운 다락방으로 향했다.

햇빛이 잘 들지 않는 그곳에는 하얀 큰 솥이 하나 있었는데 거기에 나를 앉혀 두고 두꺼운 갈색의 끈으로 몸과 솥을 하나로 칭칭 묶었다.

아버지가 며칠씩 집을 비우시는 날은 빠짐없이 묶였지만 오늘따라 백 솥의 날카로운 부분이 등을 날카롭게 찔렀다.

한 자세로 한동안 묶여 있다 보면 등줄기나 엉덩이에는 쥐가 나다 못해 감각이 사라져 갔다. 불편해서 몸이라도 조금 움직이려면 날카로운 것이 등부분을 쿡쿡 찔렀다. 마치 나를 감시하는 새어머니의 부하처럼 느껴졌다.

시간은 다락방 위쪽에 위치한 유리 너머로 어림짐작할 수가 있었는데

해가 쨍하면 낮, 어둑해지기 시작하면 저녁이 오는 정도는 알 수 있었다.

가끔 밖에서 동네아이들이 뛰어 놀며 지르는 소리가 위안이 되기도 했다.

그래도 누군가가 나의 세상 근처에는 살아 가고 있구나,

나도 아직은 살아 있구나.

유리창 너머로 보이는 하늘이 주황빛을 띠다 차츰 어두워졌다.
하늘의 색이 서서히 변하는 동안 나도 모르게 잠이 슬 들었다.
얼마나 잠에 들어 있었을까.
등에서 느껴지는 통증에 잠에서 깨어났더니 주변이 온통 어두웠다.
내가 다락방에서 있는 동안 제일 싫어하는 시간이었다.
깜깜한 작은 공간 속 창문에 비친 달은 유달리 붉고 너무나도 커서 차마 고개를 들 수 없었다. 섬뜩한 기분마저 들었다. 무서움이 한번 찾아오고 나니 숙인 고개 밑으로 눈물이 뚝뚝 떨어졌다.

"엄마."

말라붙은 입술 사이로 작은 울음이 터져 나왔다.

해가 뜨고 지기를 반복한 지 3번이 지났을 때였다.
아래 층에서 손님이 온듯한 소리가 옅게 들렸다.
여자의 쨍한 소리도 들리고 무어라 하는 소리가 웅성웅성 들리는 듯하더니
다락방 근처로 소리가 점차 가까워졌다.
가끔 집을 방문하시던 외할머니(새어머니의 엄마)가 다락방문을 열어 젖혔다.
하얀 솥에 묶여 있는 작고 앙상한 여자아이를 보며 들어오기도 전부터

깊은 한숨을 내쉬었다.

"아이고. 죄를 다 어찌 받으려고 이러는가. 응? 저 어린것이 무슨 잘못이 있다고
이래 동동 묶어 놓고. 니를 내 배로 낳았지만 이 모질고 독한 것아. 아이고. 아이고."

뒤따라 올라온 새어머니의 등짝을 양손으로 몇 번이고 내려치면서 한탄했다.
그러곤 다가와 나를 동 메어 놓았던 갈색 끈을 풀어 주었다.

"아가 내려가자. 아이고. 애를 잡겠다 잡겠어. 아이고."

백 솥과 3일 만에 분리가 되었지만 나는 곧장 일어날 수가 없었다.
다리가 굳었는지 힘이 들어가지 않았다.
일어나 보려 했지만 곧장 다시 풀썩 주저앉았다.
다리를 내 맘대로 움직일 수 없다는 걸 아신 할머니가 나를 부축하자 나는
지옥 같던 다락방을 내려올 수 있었다.

허기지다.

위가 뒤틀려 모든 장기가 꼬이는 듯한 고통이 밀려온다.

노란색 위액 물이 목구멍을 열어 젖히고 나오려는 것을 되삼킨다.

붉게 화가 난 젓가락이 남기고 간 곳은 진득한 진물이

그 자리를 덮어 나왔다.

언제 다시 머리채를 쥐어 잡힐지 모른다는 공포에 몸이 덜덜 흔들린다.

모든 오감 하나하나가 온통 낡은 저 문밖으로 향해 있다.

예를 들면 다가오는 발자국 소리라든가 '쥐 새끼 같은 년'을 찾는 징그러운 목소리 혹은 생명이 움직이는 그 어떤 작은 소리 같은 것들에 반응하는 내 청각이

아직은 내가 살아 있음을 알려 주는 것 같았다.

방안을 시계 바늘들의 일정히 움직이는 소리로 얼마큼 채워져 갈 즘 묵직한 철문이 아버지가 집으로 돌아오셨음을 알려 줬다.

끼이익-

언니들이 떠나간 이후로 아버지도 부쩍 근심이 많이 내려 앉은 얼굴이다.

아버지는 그늘 진 얼굴을 내 낡은 방문 안으로 들이밀었다.

"미숙아. 아부지 왔다."

물 먹은 스펀지 마냥 무거운 상체를 세워 일으켰다.

"다녀오셨어요."

하마터면 꾹꾹 눌려 막아 놓은 노란 시큼한 물들이 새어 나오는
미약한 음성과 함께 목구멍으로 뿜어져 나올 뻔했다.
한번 더 목젖을 위아래로 움직이며 눌러 담았다.
평소보다 몸상태가 너무 좋지 않았다.
몸살이 오는 것 같았고 무엇보다 힘이 하나도 들어가지 않았다.
평소 같았으면 새엄마의 등쌀에 밀려 방문을 닫으셨을 테지만
아버지는 오늘 조금 이상했다.
차가운 방바닥 위로 결코 가볍지 않게 앉으시더니
그리고 조심스레 회색의 늘어난 내 윗도리를 살짝 걷어 보았다.
조용한 공간 속에서 시곗바늘들의 분주한 움직임만이 고막을 때
렸다.
아버지에겐 한 번도 말한 적 없는, 알리지 않았던
파란색 슬레이트 지붕 아래의 판도라 상자가 열리던 참이었다.
어느 정도 눈치는 채고 계셨던 것일까? 아버지는 매우 놀라진 않
았다.
다만 아무 말씀도 하지 않으셨다.
아마도 설마라는 의심이 확신이 되는 순간이었다.
한동안 미동도 없이 앉아 계시던 아버지는

방바닥을 손으로 꾹 누르며 몸을 일으켜 세웠다.
낡은 방문이 한번 더 크게 젖혔고 우리 집에서 아버지의 음성은 담장 밖을 넘어
먼 외출을 알리는 신호탄을 터뜨렸다.

쫙-

방문 밖에 서 있던 악마 같은 여자의 뺨이 휙 돌아갔다.
고작 한 대로 아프고 화가 났는지 새어머니는 금세 고개를 제 위치로 시키고
고함을 꽥꽥 질러 댔다. 저 얼굴을 보고 있자니 마녀가 따로 없었다.

"내 니가 애들한테 눈칫밥 먹이는 거는 알고 있었다.
근데 영희랑 늠이가 이래서 집을 나갔던 기가. 어? 니 입이 있으면 말을 해 봐라.
엄마 잃고 불쌍한 야들이 니한테 무슨 그래 큰 죄를 지었다고 이래 하노?
니가 사람이가! 짐승만도 못한 것을 애들 엄마라고 앉혀 놨으니.
지금까지 아부지라는 인간을 내를. 내를 얼마나 원망했을꼬…"

분노 가득 찬 아버지 눈알 위로 투명한 액체가 흘러나왔다.
그런 아버지와 자신들의 엄마를 보고 있던 승서와 진애도 울음을

터뜨렸다.
조금 더 큰 승서가 아버지 손을 잡아당겼다.
아버지 옷자락을 꽉 쥐고 매달린 승서는 겁에 질린 울음을 멈추지 못하면서도
계속해서 반복했다.

"아부지 우리 엄마 때리지 마라."

이 악랄했던 여자는 아버지 손에 의해 방으로 끌려 들어갔다.
내 머리칼을 잡아채고 흔들었던 그 손가락은 자신의 머리칼을 움켜쥔 남자의 손을 떼기 위해
바득히도 용을 쓰고 있었다. 방문이 굳게 닫히고도 한참을 여자의 비명 소리와 그럼에도 멈추지 않는 둔탁한 소리는 계속되었다.

아무도 잠들지 못할 것 같은 밤은 지나고 새벽 해가 밝아 왔다.
집안은 어제 무슨 일이 있었냐는 듯 조용했다.

"아부지…"

말라붙은 입술을 찍 뜯어 내며 소리를 내 보았다.
방문을 밀고 들어간 안방에는 엉망이 된 살림살이들과 깡소주를 들이키는 아버지만 앉아 있었다.

독한 술을 목구멍으로 털어 넣으신 아버지는 내 부름에 고개를 돌려 나를 보셨고 한참을 우셨다.
아버지의 술 내음에 나도 아버지 품에서 그간의 설움을 폭발시키듯 꺼이꺼이 쏟아 냈다.

"미숙아 미안하다. 비겁하고 못난 아빠를 용서해 다오…"

며칠이 지났다.
새엄마는 승서와 진애를 데리고 어디로 간 건지 보이지 않았다.
영영 돌아오지 않았으면 하는 바람도 있었다.
아버지는 약주를 매일 마시기 시작하셨고 한동안 하지 않으시던 담배도 태우기 시작했다.
더 이상 그 여자와 한집에서 나를 키울 수 없다고 판단한 아버지는 며칠 후 나를 언니들에게 보내 주었다.
내 나이 17세에 악마에게서 해방되었다.

4.

배를 타고 바다를 건너간 곳은 큰언니가 살고 있는 거제도였다.
나에겐 낯선 거제도 옆구리를 '툭' 하고 뱃머리가 건드리자 이내

작은 스피커 너머로 굵직한 선장의 목소리가 울려 퍼졌다. 분주히 사람들은 줄지어 내렸고
많은 사람들 사이에서 어른이 된 큰언니가 손을 크게 흔들고 있었다.

"미숙아!"

큰언니는 사람들 틈에 끼여 있는 나를 보더니 세 발자국 더 다가왔다.
미안함과 반가움과 같은 여러 감정이 얼굴에 역력히 나타났다.
빠르게 다가오지도 못하는 발걸음을 아주 천천히 움직이며
눈동자는 나를 주시하고 있었다. 그 까만 눈동자는 듣지 않아도 알 수 있을
언니의 감정들을 고스란히 머금고 있었다.
나 역시도 언니를 보면 한걸음에 달려갈 줄 알았건만 발걸음이
쉽사리 떼어지지 않아 우리는 한동안 그 자리에 서서 웃지도 울지도 않은
희한한 모습으로 서로를 위로했다.

"언니야."

때론 원망까지 했던 큰언니의 만난 것이 현실임을 직감한 순간 설

움이 복받쳤다.

우리 둘은 그제서야 급한 발걸음을 옮겨 서로를 부둥켜안고 한참을 울었다.

온몸을 쓰다듬던 언니는 나를 한 번 쳐다보더니 다시 끌어안았다.

눈물 범벅이 된 언니의 얼굴에서 엄마가 보이는 듯했다.

"미안하다 미숙아… 언니가 진짜 미안하데이. 언니가 잘못했다."

몸이 부서져라 서로를 끌어안고 얼마나 울었을까 그제서야 피식 웃으며 눈물을 훔치고 두 손을 꽉 잡았다. 사람들이 많은 여객 터미널이 조금 한산해지고 그동안의 안부를 전하며 언니의 집으로 향했다.

"늠이도 궁금하제? 늠이는 오늘 일을 못 뺀다 해서 내일 거제도로 올끼다.

얼른 집으로 가자. 가서 이야기하자."

보드라웠던 언니도 손이 애법 까끌해졌다.

거친 두 손이 마주 잡혔다.

두 번 다시는 놓지 않을 거라는 다짐인 듯하다.

작은언니는 그 다음날 일찍이 거제도에 도착했다.

마귀할멈 같았던 언니는 예전보단 차분해졌지만 여전히 왈가닥이었다.

머리도 짧게 쳐 올려 그 이미지가 더 잘 어울렸다.

풉.

웃음이 오므라진 입술사이로 삐죽 튀어나왔다.

오랜만에 만난 세 자매는 눈물 대신 웃기로 했다.

누구 하나 말하진 않았지만 모두 마음을 읽은 듯

배꼽이 튀어나올 만큼 깔 깔 깔.

얼마간은 집에서 잠을 푹 잤다.

지금껏 못 잤던 잠을 보충하기라도 하듯 몸은 계속 잠을 원했다.

거제도에 오고는 허기질 일도 없었다.

잘 차려진 밥상은 아니더라도 누구의 눈치를 볼 필요 없이 풍족하게 먹을 수 있었다.

그동안 몸에 난 상처들도 딱지가 떨어졌다. 다만 진물로 뒤덮였던 목 아래, 팔목 곳곳은 지워지지 않을 상처가 남았다.

그리고 자주 가지 못해 아쉬움이 컸던 지난 학교 대신 새 학교에 전학하게 되었다.

넓은 운동장 뒤로 웅장하게 자리 잡은 학교는 나를 반기는 듯했다.

선생님을 뒤따라 들어간 교실에는 호기심 가득한 눈빛의 아이들이 나를
일제히 쳐다보고 있었는데 그 시선에 식은땀이 삐질 났다.
새어머니의 학대 속에서 점점 주눅 들어 갔던 나는 다른 친구들과도 쉽게 친해지지 못했다.
성격이 작아져 버렸다.
작은 키 때문에 항상 교실 맨 앞 책상에 앉아 교복 끄트머리를 꼼지락거리던 나에게 훤칠한 키의 여자아이가 다가왔다.

"나는 손옥희. 니는 이름이 뭐야?"

올려다 본 옥희는 당차지만 기분 좋은 웃음을 머금고 있었다.
눈빛이 초롱초롱하다.

"어, 나는 신영미(본명은 영미지만 가족들은 미숙이라 부른다)…"

기어 들어가는 목소리로 이름 끝을 흘렸다.
옥희는 되묻거나 크게 말하라고 다그치지 않았다.
그냥 나에게 손을 내밀었다.

"우리 친구하자! 쪼매난 기 귀여워서 내 니 마음에 든다."

나에게 내민 이 친구의 손이 참 고왔다.
대가를 바라지 않고 나에게 온전히 친구라는 이름으로 다가와 주었단 사실에
심장이 간질거리기도 하고 조금 부담스럽기도 했지만
왠지 나도 모르게 거칠한 작은 손으로 그 아이의 손을 잡았다.
옥희랑 친구가 된 이후로부터 옥희는 어디든 나를 데리고 다녔다.
이것 저것 많이 알려 주고 싶다는 이유에서였다.
덕분에 나는 여러 친구들에게 마음을 열 수 있었고 친구가 여럿 생겼다.
우리 학교에는 뒤편에 언덕이 있었는데 여자아이, 남자아이 할 것 없이 친한 친구들과 자주 거기에 누워 햇볕을 쬐기도 했고 도시락을 까먹기도 했다.
거기에 순호가 있었다.

마음이 간질간질하던 순간이 어릴 적에도 있었다.
엄마와 같이 폐 철길을 걸었을 때도 마음이 간질간질했다.
옥희가 처음 다가와 주었을 때도 그랬다.
근데 순호를 보고 있을 때의 간질함은 그때와는 조금 다른 듯 같은 듯 헷갈렸다.
웃을 때 눈이 예쁜 순호가 나를 보며 웃을 때엔 솜뭉치가 굴러가는 듯한
이상한 울렁임이 생겼다.

자꾸만 눈이 갔다. 이 아이가 뭘 하고 있는지 궁금했다.
그때마다 마주치는 눈에 놀라 고개를 숙이고 교복 끄트머리를 괴롭혔다.
이 울렁임은 당최 익숙해지질 않는다. 으악!

시간은 빠르게도 흘러갔다.
내 일상도 여느 다른 아이와 다를 것 없이 별탈 없이 이어져갔다.
그사이에 큰언니는 선을 봤고 조선소에 다니고 있는 소심한 청년에게 시집을 갔다. 다시 만난 지 얼마 되지 않아 또 헤어져야 한다는 사실이 서운하긴 했지만 행복해하는 언니를 보니 내 마음도 괜히 뿌듯해졌다.
작은 집이었어도 큰언니의 빈자리는 한동안 허전했다.
엄마 같은 언니의 존재감은 비워진 후에 두각을 더 선명히 나타냈다.

어느 한적한 주말 아침.
친구들과 나들이를 다녀오기로 했던 날이다.
떠올리고 싶지 않은 기억이 가득한 부산이었지만 친구들과 함께한다는 생각에
버스에 몸을 싣고 광안리 바닷가로 향했다.
청 멜빵바지 차림에 줄무늬의 손수건을 목에 둘렀다.
내가 봐도 오늘은 내가 조금 앙증맞아 보이기도 했다.

아침 일찍 떠난 나들이는 해가 바다 뒤편까지 숨어갈 쯤까지 계속 되었다.

맛있는 먹거리.

잔뜩 널린 구경거리.

탁 트인 광안리 바다 파도 소리.

그 사이에 바쁘게 살아가는 사람들.

너무 재미난 추억이었다.

우리는 거제도 마지막행 배에 몸을 실었다.

동네에 도착할 때까지도 텐션이 한껏 오른 옥희는 기다란 팔로 내 목을 휘감았다. 기분 나쁘지 않은 스킨십이었다. 옥희는 쉬지 않고 재잘거리던 입술로

나와 친구들에게 인사를 나누고 커다란 동작으로 하이파이브를 했다.

나름 옥희의 헤어질 때 인사법이었다.

같은 방향인 친구들끼리 약속이라도 한 듯 흩어져 각자 집으로 향했다.

하루의 나들이가 아쉬워 뒤돌아보며 다시 크게 손을 흔드는 아이.

늦어서 엄마한테 혼이 나겠다며 서두르는 아이.

나는 그런 아이들을 눈에 담으며 대답하듯 손을 흔들어 주었다.

우리집과 같은 방향이었던 순호와 나는 같이 걸었다.

어두워진 밤 골목길을 가로등이 우리를 은은히 비춰 주고 있었다.

오늘따라 한 두 명씩은 꼭 있던 이 골목길이 한적했다.
순호와도 이런 저런 이야기를 나누며 느리게 걸었다.

"영미야 오늘 재밌었제? 애들도 너무 좋아하고."

"응 그러게. 오늘 너무 재밌었다."

순호는 그 말을 끝으로 나와 발 맞춰 말없이 천천히 걸었다.
드문 드문 가로등에 비춰지는 순호를 살짝 훔쳐보기도 했다.
순호는 속눈썹 참 길었다. 쌍꺼풀이 없는 눈이지만 작지 않은 눈매가
송아지 눈과 닮아 있었다.
무엇인가 생각 하는 듯해서 딱히 더는 말을 걸진 않았다.
잠깐의 정적을 먼저 깬 건 순호였다.

"영미야 내 니 좋아한다."

순호를 보면 간질거리던 감각을 훅 깨닫는 순간이었다.
얼굴에 열이 오르는 것이 심장이 간질거리는 것을 넘어서
쿵쾅거리기 시작했다.
나보다 훨씬 큰 순호를 올려다 볼 용기가 나지 않았다.
심장소리가 내 귀에 엄청 크게 들리는 것이 들킬 것만 같았다.

자꾸 순호의 말만 되새김질하면서 온 몸에 혈류가 빠르게도 돌았다.
대답이 없었던 나에게 순호가 살짝 몸을 숙여 얼굴 가까이에 다가왔다.

숨을 참았다. 코로 나오는 내 숨도 엄청나게 뜨거웠다.
얼굴을 살짝 뒤로 빼고 순호를 보았다.
남자아이가 어찌나 그리 예쁜지.
나는 땀이 흥건해진 손으로 옷자락을 꼭 부여잡고 용기내 대답했다.

"나…도."

내 마음을 알고 있었던 것일까?
순호는 미소를 머금더니 상체를 일으켜 내 흥건해진 손을 잡았다.
길지도 짧지도 않았던 내 짝사랑이 끝이 났다.
나는 첫사랑과 소중한 마음을 나누는 친구가 되었다.

학교가 끝난 오후,
뒤편 언덕에서 순호가 집에서 가져온 고구마를 까 먹었다.
곱게 접힌 신문지 안에는 고구마 3개가 가지런히 누워 있었다.
고구마 껍질을 까는 일이 뭐가 그리 우스웠는지 우리는 웃음이 멈추질 않았다.

실컷 배를 채우고 드러누웠다.

아직 가시지 않은 햇볕이 우리를 감싸는 듯했다.

순호는 어릴 적 내 이야기를 조용히 들어 주었다.

누구에게도 꺼내기가 쉽지 않은 상처였지만 왠지 순호에게는 꺼내도 되지 않을까 하는 마음에 이야기를 시작했다.

엄마가 돌아가신 이야기.

언니가 집을 나가게 된 이야기.

학대당한 이야기.

아버지로 인해 언니를 다시 만날 수 있게 된 이야기.

지루할지도 모를 긴 이야기를 조용히 들어 주던 순호는 고개를 옆으로 살짝 돌리고는 눈물을 훔쳐 냈다.

송아지 같은 눈을 가진 순호는 마음도 따뜻했다.

"지난 시간들이 많이 아팠겠다. 그 기억들이 잊히진 않겠지만 묻어질 수 있도록

내가 더 잘 해 줄게. 그리고 더 좋아해 줄게. 약속할게. 나는 니 손 절대 안 놓칠 거다."

순호는 내 손을 꽉 잡았다. 말뿐일지 모를 이 다짐과 약속에

지금까지의 시간들을 위로받았다.

'네 잘못이 아니야.
넌 잘못한 것 없어.'

19살 우리들은 마지막 학창시절을 같이 보냈다.
우리는 졸업을 하고도 봄 여름 가을 겨울을 6번 보내 주었다.
그 사이에 순호와 나는 취직도 했고 많은 변화가 생겼다.
다만 딱 하나 우리의 마음은 변함이 없었다.
예전 학교 뒤편 언덕에서 한 약속을 묵묵히 지켜 내고 있었다.
한날은 내가 감자탕을 좋아한다고 했던 흘러가는 말을 기억해 뒀다가
8일간을 나에게 감자탕만 사 먹인 날이 있었다.
그 이후로 감자탕은 꼴 보기가 싫어졌다. 어우.
순호는 한순간도 나에게 소홀해졌던 적이 없었다.
우리는 서운함과 외로움이 느껴지지 않을 만큼 서로에게 헌신하고 사랑했다.

우리는 내 어머니의 고향 부산 일광 바닷가를 찾았다.
맨발로 긴 백사장을 거닐며 새겨져 가는 발자국 수만큼 수많은 꿈을 키워 나갔다.
훗날 결혼하게 되면 아이는 몇 명 낳자는 등의 시시하지만 소중한 미래의 약속 같은 것들.

같이하는 6번째 겨울날 나는 청혼을 받았다.

부유한 집안의 아들이었던 순호에게 나는 턱없이 부족하고 어울리지 않는 사람이었다.

자신만 믿고 따라 달라던 순호의 말을 이번만큼은 지켜 낼 수가 없었다.

순호의 집에서 반대가 엄청났다.

엄마 없이 자란 여자랑은 부족한 것이 많아 결혼시킬 수가 없다고 했다.

순호는 반대에 맞서 결혼을 포기할 줄 몰랐다.

나에게 절대 상처 받지 마라, 귀담아듣지도 말고 마음에 담아 두지도 말아라,

네 잘못이 하나도 아니다. 내가 너무 미안하다.

한동안 순호는 나에게 저런 말들을 습관처럼 해야만 했다.

그런 순호를 보고 있자니 내가 너무 힘이 들었다.

나의 흠 때문에 사랑하는 사람이 힘들어 하는 모습을 도저히 보고 있을 수가 없었다.

눈 오는 날 우리는 데이트를 했다.

맛있는 것을 먹고 별것 아닌 일에도 좀 더 크게 웃었다

그리고 우리는 네온 불빛이 창문 커튼 틈으로 은은히 들어 내리는 조용한 곳에서 서로를 나눴다.

뽀드락-

눈을 지긋이 눌러 밟으며 우리 집 앞에 다다랐다.
까치발을 들어 순호에게 마지막 입맞춤을 남겼다.

"조심히 들어가. 오늘 진짜 행복했어. 잘 가."

'너는 참 빛나는 사람이야. 그런 네가 내 곁에 있어 준 것만으로도
너무 감사한 일이었고 나는 그 시간 속에서 너무 행복했어.
나에게 예전에 했던 약속은 이제 지키지 않아도 괜찮아. 네 잘못
이 아니라 내가 정말 괜찮아서 그래.
언제 어디서나 항상 행복하길 바랄게.
- 검은색 교복이 잘 어울렸던 내 첫사랑에게'

결국 나는 순호네 부모님의 반대를 이겨 내지 못했다.
내 인생에서 너무나도 고마운 이 사람을 힘들게 하고 싶지 않았다.
나의 못난 욕심이겠지만 마지막으로 행복한 기억을 가져가고 싶
었다.

나는 순호가 보이지 않을 때까지 뒷모습을 보다
골목길 뒤로 순호의 모습이 완전히 사라지고 난 후 집으로 들어
갔다.
마지막 모습을 눈에 꼭꼭 눌러 담고 싶었다.
남몰래 순호와의 이별을 결심했던 때부터 큰언니와는 많은 이야

기를 나눴다.
언니 탓이라며 마음 아파하는 언니를 되려 위로하기까지 했다.
집으로 돌아온 나는 자초지종을 알고 있던 언니에게 순호가 찾아오면 꼭 전해 달라고 큰언니에게 편지를 맡겼다.
방문 앞엔 나의 짐이 들어있는 가방만이 덩그러니 서 있다.
더 이상 거제도에 있을 자신이 없어 하루 앞당겨 부산행 배에 몸을 실었다.

내 인생에 있어서 사랑하는 사람과의 세 번째 이별이었다.

언니랑은 간간히 소식을 주고받으며 지냈다.
며칠째 소식이 없던 나를 집 앞으로 찾아온 순호는 언니가 건네는 쪽지를 보고 많이 울다가 갔다고 했다.
한동안 계속 찾아와 내가 있는 곳을 알려 달라 거의 울분을 토하던 순호는 언젠가부터는 보이지 않았다고 했다.
시간은 야속하게 흘러갔고 그동안 나는 모든 친구들과도 연락을 끊고 지냈다.
어쩌다 연락이 닿아 만나게 된 옥희에게서 순호의 소식을 들을 수 있었다.
걱정이 섞인 무거운 어투로 나긋이 이어지는 옥희의 음성이 귓속으로 한 글자 한 글자 꽂혀 들렸다.
내가 떠나간 후로 많은 시간 동안 나를 찾으러 이곳 저곳을 다니며 타락 생활을 이어 온 그 아이가 오토바이 사고로 세상을 떠났다는 소식.
가슴이 철렁 내려앉았다. 둔탁한 것에 머리를 세게 맞은 듯 아무 생각도 들지 않았다.
잠시간의 정적이 흐르고 순호의 소식에 소리도 나오지 않는 눈물을 하염없이 흘렸다.
시간을 되돌릴 수 있다면 그 아이 옆에서 절대 떠나지 않을 텐데 나 때문에…
나 때문에.
가슴이 터질 것만 같은데 터지지 않아 더 미칠 것 같다. 숨도 쉬어지지 않았다.
버젓이 숨쉬고 살아 있는 내가 너무나 죄스러웠다.
그런 나를 붙잡고 옥희도 같이 울었다.
"이 불쌍한 것을 어째. 응?"

한동안 나도 미치광이처럼 지낸 것 같다.
그 아이를 따라가려 약도 먹었다. 그러나 사람 목숨은 쉽게 끊어지지 않나 보다.
방바닥에 널브러진 나를 집주인 아주머니가 발견해 불행히도 목숨이 붙어 있다.
소식을 들은 큰언니가 급히 부산으로 왔다.
누워 있는 나를 마구마구 때리며 울어 대는데 하나도 아프지 않았다.
멍하니 허공만 응시한 채 반응을 하지 않자 그런 내가 큰일이라도 날 것 같았는지 언니는 한동안 집에 가지 않았다.

창문 너머로 들어온 햇살이 눈을 시리게 만들었다.
못 마시던 술을 들이켜서인지 머리가 지끈거렸다.
옥희를 만나고 온 이후 거의 매일 찾아오는 숙취는 도통 익숙해지질 않는다.
폐인이라는 말은 지금의 내 모습을 보고 만든 것이 아닌가 싶을 정도다.
제발 눈뜨지 않았으면 하지만서도 매일 꼬박 눈 뜨는 내 자신이 너무 싫다.
옅은 꽃무늬 벽지가 선명해지다 흐려지다를 반복할 즈음에

"미숙아 밥은 먹어야지."

큰언니는 문을 빼꼼 열고 말했다.
도저히 일어날 수가 없었다.
딱딱한 바닥 위에 포개어 깔린 이불 속을 나가면 또 왕창 무너질 것 같았다.
걱정 가득한 언니의 말에도 대답은 하지 않았다.
이불을 한 움큼 꽉 쥐었다. 의미 없는 오늘도 빨리 지나가기를 바

랐다.
언니의 걱정을 알고 있지만 내 자신을 생각하면 구역질이 치밀어 올라 배에 힘을 여럿 줬다.

참 시간이란 것이 무섭다.
어릴 적엔 엄마와의 이별이 너무 어려서 잘 몰랐기에 무뎌진 줄 알았는데
이렇게 다 큰 성인임에도 정말 죽을 것 같은 시간들이 지나감에 따라 아주 조금씩 마음이 여물어졌다.
그런 사실을 인지할 때 마다 난 참 독한 년인가 싶다가도 또 어찌 입에 밥을 쑤셔 넣고 있는 내 자신을 발견한다.
가엾은 순호를 마음에 깊이 묻어 두고 헐어 있는 바닥을 단단히 두드렸다.
가지 않을 것 같던 시간이 속절없이 흘렀고 나는 조금씩 일상생활을 시작했다. 큰언니는 그런 나를 보며 조금은 안심한 듯 형부가 있는 거제도로 돌아갔다.

'순호야, 내가 언젠가 네가 있는 곳으로 가면 그때는 모든 벌 다 받을게. 정말 미안해.'

새엄마의 학대, 엄마와 순호와의 헤어짐을 딛고 일어나 보려 했지

만 나는 많이 위태로웠다.

내 또래의 빛나는 아가씨들과 달리 나는 무척이나 소심하고 어두웠는데 예전처럼 옥희가 그 옆을 지탱해 주었다.

나는 옥희의 위로 속에서 내 나이를 되찾아갔다. 그 옛날 아버지처럼 그리움에 사무치는 날이면 노래를 불렀다.

노래를 좋아하고 갈망하는 나를 옥희가 부산 서면의 꽤 유명한 라이브 카페에 데려갔다.

그곳은 옥희 친구가 일하는 곳이라 잘 알고 있다고 했다.

들어선 곳의 중앙 자리엔 어둡지만 은은한 노란빛이 감도는 조명 아래엔 똑 단발을 한 여자가 고운 미성의 목소리로 공간을 가득 채우고 있었다.

여유롭게 관객을 향해 눈을 살짝 감았다 뜨기도 하며 노래를 즐기듯 부르는 그 여자의 모습이 나를 매료시키기엔 전혀 부족함이 없었다.

몸매가 살짝 드러나는 검은색 원피스까지도 완벽했다.

옥희는 그 곳에 나를 자주 데려갔다. 별 거부감 없이 따라다닌 나도 그 분위기가 마음에 들었던 듯하다.

어느 날부터는 옥희와 가지 않아도 나 스스로 무엇인가에 끌리듯 라이브 카페를 찾았다.

고맙게도 똑 단발 그녀는 나를 알아봐 주었고 구석 자리에서 노래를 안주 삼아 맥주를 목구멍으로 넘기고 있을 때쯤 그녀가 착석했다.

"또 보네요. 요즘 옥희는 바쁜가 봐요?"

"네. 여기 분위기가 자꾸 생각이 나서 오게 되었네요."

"노래 좋아하시나 보다~"

그녀의 말에 잠시간의 작은 기억들이 스쳐 지나갔다.
어린 년이 건방지게 노래를 부른다며 책가방을 찢던 새어머니의 모습이 떠올랐다.
아무것도 하지 못하고 벌벌 떨고만 있어야 하는 어린시절의 나에게서 아직도 벗어나지 못했다는 사실을
다시 한번 확인받는 것 같아 어두운 골짜기로 툭 떨어지는 듯한 느낌을 받았다.

"네… 노래 많이 좋아하죠…"

"안 그래도 옥희한테 얘기 많이 들었어요. 노래 잘 하신다던데? 우리 사장님이 영미씨 한번 보고 싶어 해요."

"절요?"

오래 머물지 못해 간단한 대화를 나누고 미소를 띄운 그녀는 특유의 분위기를 바닥에 흘려보내듯 일어났다.
한동안 무어라 형용할 수 없는 기분에 휩싸여 맥주를 들이켰다.
얽히고 설긴 감정이 나를 들이켰다.
똑 단발 그녀가 자리에서 일어나고 잠깐동안 다시 음악에 몰두하고 있을 때 즈음에 누군가가 테이블을 두드렸다.

'똑똑'

테이블을 가볍게 두드리는 소리에 눈길을 돌려 보니 사장 언니였다.
짧은 스커트 차림의 사장님은 긴 다리를 꼬아 앉으며 내 앞에 자리 잡았다.
사장님의 시선은 그녀의 행색과 반대의 조용한 나에게 멈추었다.
그리고 갈색의 목이 긴 맥주병을 세 손가락으로 가볍게 쥐고 공중에 휘휘 돌렸다.

"영미씨라고?"

붉게 칠해진 도톰한 입꼬리가 기분 나쁘지 않게 올라갔다.

"네. 은주(똑 단발 그녀)씨가 절 뵙고 싶다 하셨다던데…"

나를 가만히 바라보던 사장 언니는 기다란 목구멍으로 맥주를 한 모금 들이키고 말을 이어 갔다.

"응~ 옥희가 하도 영미씨 노래 잘 부른다 해서 내가 한번 보고 싶어서."

"제 노래요? 그 정도로 잘 부르지 않아요."

"그건 내가 판단하지?"
대답을 못하고 망설이는 나에게 테이블을 한번 더 힘차게 두드리고

"여기서 일하는 것도 나쁘지 않다? 오늘 내 앞에서 한번 불러 보자. 응?"

심장이 두근거렸다. 설렌다기보단 손끝에 온기가 식을 만큼 이상한 기분이 요동쳤다.
어릴 적의 기억들과 남모르게 노래에 대한 갈망이 뒤섞여 나를 혼란스럽게 했다.
심장은 그럴수록 더 힘차게 쿵쾅거렸다. 뱃속도 꿈틀거리는 것 같았다.
잠시간의 침묵이 이어졌고 나는 침을 꼴깍 삼키며 고개만 살짝 끄덕였다.

긴장감에 손바닥이 축축해져 갔고 노란빛이 일렁이는 작은 무대 위에서 머리 위로 온전히 내 불빛만을 쏟아 받으며
떠어지지 않는 입술 너머로 내 노래를 조심스레 시작했다.
사장님은 생각보다 마음에 들었던 건지 눈썹을 슬쩍 올리며 웃어 보였다.
남들 앞에 나선다는 건 상상도 할 수 없던 내가 사장언니 덕분에 남들 앞에서 노래 부르는 가수가 되었다.

5.

처음엔 어려움이 많이 따랐지만 나는 점차 남들 시선에 익숙해져 갔고 라이브 가수로 활동하기 시작했다.
애절한 음악에 내 한을 담아 진심으로 노래를 불렀고 노래 속에서 지난날의 내 아픔과 상처들이 치유되어 갔다.
노래를 부르는 동안은 못난 나 때문에 떠난 순호를 나만의 방식으로 온전히 그리워했다.
어느 날부터 라이브카페를 찾아오는 남자 무리가 있었다.
175가 되지 않아 보이는 작은 남자의 시선이 느껴지기 시작했다.
간혹 직원들로부터 작은 쪽지도 자주 건네주었다.

'저는 안호철이라고 합니다. 만나 보고 싶습니다.'

한평생 순호를 가슴에 묻고 살다 세상을 떠나겠다 다짐한 나에게는 참 부담스러운 일이었다.
몇 번을 거절했음에도 그 남자는 끈질기게 찾아와 데이트 신청을 했다.
구릿빛 색의 피부에 건들거려 뵈는 남자의 모습은 순호와는 정반대였다. 그래서 더욱 거부감이 들었다.
나는 작은 공간 하나도 내어 줄 수 없음에 때론 미안한 감정이 들기도 했다.
나는 벌써 서른을 앞둔 나이가 되었고 나와 동갑이라는 그 남자는 더 애닳아했다.
사실 내 마음을 온전히 말해 준다면 달라졌을지도 모르지만 잘 모르는 그 사람에게 순호를 이야기하고 싶진 않다.
점점 라이브카페에 소문이 나기 시작했다.
내 사정을 모르는 사람들에겐 매일 찾아오는 저 남자를 한번 만나주지도 않는 나는 매정한 사람이 되어 있었다.

늦은 퇴근시간 가방을 왼쪽 어깨에 둘러메고 라이브카페를 나섰는데 그 남자가 입구 옆에서
특유의 건들거리는 모습으로 담배 연기를 허공에 내뿜다 나를 어깨 너머로 발견했는지
황급히 담뱃불을 바닥에 튕겨 내곤 재빠르게 다가왔다.
더 이상은 이 남자에게도 예의가 아닌 것 같아 거짓말을 했다.

"영미씨 오늘 퇴근이 늦었네요. 내 얼굴 한번 더 보고 갈라고 기다렸습니다."

피부색과 다르게 많이 흰 치아를 씩 내보이며 웃음질을 쳤다.

"저 내일 선보러 가요. 더 이상 이렇게 찾아오지 않았으면 합니다. 부탁드려요."

내 거짓말에 잠시 패닉 상태가 온 듯 그 남자는 웃음기 싹 뺀 얼굴로 진지하게 이야기를 했다.

"그렇습니까. 그럼 영미씨 내일부터는 안 찾아올게요.
오늘 마지막으로 내 이야기만 한번 들어 주이소.
그러면 두 번 다시 귀찮게 안 할게요."

그때 매정하게 뿌리치고 갔어야 했는데 내 마음이 그러질 못했다.
거부당하는 아픔이 뭔지 잘 알고 있었던 나였기에
마지막으로 그 정도는 괜찮다고 생각했다.
그래서 번화가에 작은 선술집에 들어가 이런저런 이야기를 들어주며 마지막 마무리를 준비하던 참이었다.
처음보는 약간 이국적인 병에 담긴 술을 나에게 권했는데 술을 잘 못하는 나였지만 아무 의심 없이 술을 들이켰다.

딱 한잔 들이켰을 뿐인데 목구멍이 타들어 갈 정도로 뜨거워졌다. 정신을 다잡아 보려 눈을 여러 번 깜박여 봤지만 내 앞의 남자는 하늘로 솟구쳤다 땅으로 곤두박질을 쳐 댔다.
온몸에 그 술 한잔이 혈관을 타고 이곳저곳 누비는 탓에 내 정신력으로는 더이상 버티질 못했다.
그 이후론 기억이 나지 않았다.
얼마를 잠들다 깼을까?
깨질 것 같은 두통에 잠에서 깨어나 나의 눈에 들어온 것은 웬 낯선 곳이었다. 고개를 간신히 돌려 점점 상황파악을 해 나갈쯤
옆에 누워 깊게 잠들어 있는 나체의 남자가 눈에 들어왔다.
강간이었다. 입술이 터질 듯 질끈 물어 뜯었다. 순호가 아득히 떠오르며 눈물이 터져 나왔다.
이런 모습으로 훗날 순호를 만나 어떻게 다 사죄를 해야 할까. 악에 받혀 지르는 소리에 그 남자가 눈을 떴다.
몸을 느리게 일으킨 남자는 술 때문인지 타는 목을 축이며 나에게 말을 건넸다.

"영미씨 나도 이렇게 할 생각은 없었는데 미안하게 됐습니다. 내 마음도 모르고 선보러 간다 하는 영미씨 말에
나도 조급했나 봅니더."

마음 같아선 이 남자의 입을 찢어 버리고 싶었다. 당장이라도 창문 밖으로 뛰어내리고 싶은 심정이 강하게 들었다.
하지만 얼마나 독한 술을 먹였는지 아니 술이긴 했는지 모를 그것 때문에 몸은 마음대로 움직여지지도 않았다.
새벽은 밝아 오고 있었다.

벼랑 끝에 내몰리다 아래로 곤두박질쳐진 나는 제대로 된 대처도 못한 채
다시 이불 밖으로 나오지 않고 매일 눈물 바람이었던 시간이 벌써 한 달 가량 지나가고 있을 때 즘에
매달 하던 생리가 나오지 않았다. 나는 조금도 원하지 않았던 짐승의 뜻대로 엄마가 되었다.
처음엔 배를 칼로 쑤셔 버릴까. 아니면 때때로 찾아오던 저 짐승을 죽여 버릴까.
머릿속엔 온통 범죄의 현장이 그려지기도 했지만 점점 배가 볼록해져 오면서 복잡미묘한 감정이 자리 잡기 시작했다.
엄마 없이 자란 나에게 엄마의 존재란 너무도 특별하고 아팠던 것이기 때문에
죄 없이 찾아온 아기의 존재가 어느 순간부터는 미움이 아닌 다른 감정으로 다가왔다.
아직 산모라 하기에도 애매할 정도이긴 했지만 태동을 느낀 순간부터는 이세상에 늘 혼자였던 외로운 나에게

내 뱃속에서 온전한 내 편이 자라난다 생각하니 이상하게 눈물이 나올 것 같았다.
도와줄 사람이 마땅치 않다 생각했던 나는 아이를 지키기 위해선 이 사실을 수긍하고 살아가야 한다는 멍청한 생각 속에
순호에게 또 한번의 죄를 짓고 나를 강간한 남자와 원하지 않는 결혼을 결심했다.
그리고 언 10년 만에 파란색 슬레이트 지붕을 찾아갔다.
내가 떠나고 난 후 새어머니는 다시 돌아오신 것 같았다. 그사이 승서와 진애도
훌쩍 자라 있었지만 어릴 적 얼굴은 남아 있었다.
아버지는 나를 보곤 한달음에 마당까지 나오셨다.

"아이고 우리 미숙이 왔나? 밥은 먹었나?"

내 등짝을 연신 쓸어내리며 아버지는 집안으로 데려 들어갔다.
새어머니는 여전히 변한 게 없어 보였다. 사위가 될 사람이 같이 왔음에도 물 한잔 내주지 않았다.
아버지는 큼큼거리며 부엌으로 가셨고 음료수와 작은 쟁반에 과일을 내오셨다.
봐 오신 상을 두고 마주 보고 앉은 네 사람 중 아버지가 먼저 말을 꺼내셨다.

"그래, 우리 미숙이하고 결혼이 하고 싶다고?"

"예 아버님. 허락해 주십시오. 손에 물 한 방울 안 묻히고 행복하게 해 줄 자신 있습니다."

아무것도 모르는 아버지에게 도와달라 매달리고 싶은 심정이 목구멍까지 차올랐지만 말이 나오지 않았다.
눈물이 그득그득 차올라 터질 것 같은 시간을 어떤 정신으로 참았는지 모르겠다.
아버지는 고개를 한번 끄덕였고, 시종일관 못마땅한 듯 옆으로 앉아 오른쪽 다리를 세워
팔을 얹고 있던 새엄마는 딱 한마디 거들고는 방으로 휙 사라졌다.

"델꼬 가서 직이 삐든가 살리 삐든가 알아서 하겠지."

아버지를 만나 뵙고 난 후 이 사람과의 결혼은 순탄히 진행되어 갔다.
몇 날이 지나고 아이 아빠는 시어머니를 뵈러 양산으로 가야 한다고 했고
둘은 버스에 올라탔다.
양산에서 시누와 큰 식당을 운영하고 계시는 어머니를 뵈러 가는 길이 많이 멀지는 않았지만 덜컹거리는 버스 안에서 전해 들은 시

어머니의 이야기에 막연히 걱정이 되었다. 동네 아이들에게도 호랑이 아줌마라고 소문이 자자하시다는 분을
내가 잘 모시고 살 수 있을지 여럿 걱정이 앞서 나갔다.
얼마나 시간이 지났을까 버스는 제 할 일을 끝냈다는 듯이 터미널 자신의 자리에
조용히 멈춰 세웠다. 유난히 손에 땀이 많은 나는 옷자락에 손을 몇 번이나 닦아 냈는지 기억도 잘 안 난다. 그저 옷자락이 축축해졌다는 것밖에.
많은 걱정을 했던 것이 무색할 만큼 시어머니가 되실 분은 나를 무던히 맞이해 주셨다. 살갑게 웃어 주지는 않았지만 들던 대로 첫인상이 매우 강하신 분이었다.
이른 시아버님의 부재로 시어머니는 홀로 6남매를 키우다 보니 억척스러웠던 모습들이 동네에선 호랑이 아줌마로 통했나 보다.
그렇지 않아도 소심한 나와는 너무 다른 모습에 긴장감이 온몸을 지배했지만
새어머니처럼 두렵거나 그렇지는 않아 차차 적응해 나갈 수 있었다.
생각보다 규모가 큰 식당에는 다섯명의 아주머니들이 분주히 움직이셨고
그중 신랑과 매우 닮은 여자분은 시누이가 될 사람이라고 아무도 굳이 말해 주지 않아도 한눈에 알아볼 수 있었다.
오히려 시누이가 찬바람이 쌩쌩 날렸다. 내가 건넨 인사에는 대답

조차 하지 않았다. 없는 사람인 것처럼 신랑에게만 말을 무심히 걸었다.

"니 밥은 묵고 왔나? 안 먹었으면 먹을래?"

'아! 시집살이도 결코 쉽지 않겠구나.'

내 삶 속에 계획에 있었거나 한 번도 원한 적 없었지만 나는 무더운 여름 8월에 흰 드레스를 차려입고 새 신부가 되었다.
신혼집이라고 하기엔 턱없이 작은 월세방 하나였지만 우리는 부산에서 시작하기로 했다.
시어머니와 시누가 양산에서 지냈으면 하는 바람을 뒤로하고 남편은
부산에 남아서 하던 일을 해 보기로 했다.
처음엔 모든 것이 괜찮았다. 결혼을 하고 몇 개월 동안은 서툴지만 다정하게 구는 신랑을 보면서 그래도 아이 아빠로는 괜찮지 않을까 생각했다.
부모님의 사랑이 흐릿할 정도로 짧은 시간밖에 느껴 보지 못했던 나였기에
내 아이에게만큼은 언제나 사랑을 베풀어 주는 부모를 선물하고 싶었다.

그러나 그 시간은 얼마 이어지지 못했다.

남편이란 사람은 술을 좋아하는 것을 알고는 있었지만 시간이 점차 지나갈수록

일주일에 3번 이상을 술에 흠뻑 취해 친구에게 업혀 들어오기 시작했다.

내가 생각하는 것보다 술과 친구를 더 좋아했다.

술에 취해서 들어오는 날이면 욕 섞인 말, 취하는 행동에도 폭력성이 묻어 나올 때가 있었다. 그래도 그때는 나에게 직접적으로 가해지는 폭력이 아니었기에

그래도 내 결혼 생활이 유별나다고 생각하지 않으려 노력했다. 모두가 그렇게 살아간다며 위안했다.

그러지 않으면 내가 무너져 내릴 것 같았다. 더이상 무너지지 않아야 할 이유가 생겼기 때문에 간신히 버티고 있었다.

신랑의 폭력적인 성향이 가끔 비치긴 했어도 그러지 않은 날도 있었다.

배도 시간이 지날수록 점차 불러 오기 시작했다.

아기가 자라나고 있음이 다시 한번 느껴졌다.

"아가야,

니가 내 곁으로 건강히 와 준다면 엄마는 니 세상이 되어 줄게."

제법 커진 배를 여러 번 쓸어내렸다.
나에게 엄청 소중한 게 생겼다.

결혼 후에 바깥 약속의 횟수가 늘어나긴 했지만 호떡이 먹고 싶다 했다가
청사과가 먹고 싶다는 나의 변덕에도 별 짜증 없이 맞춰 주었다.
밤늦은 시간에 집에 온 남편의 손에는 검은 봉지가 들려 있다.
친구와 간단하게 한잔 하고 온 듯 술냄새도 은은하게 풍겼다.

"청사과 사왔다. 프뜩 먹어 봐라."

검은 비닐 봉지를 툭 내게 건넸다.
봉지에서 꺼낸 청사과를 옷으로 두어 번 정도 닦아 낸 후 한입 베어 물었다.
입안에서 달콤함과 새콤함이 순회를 돌고 있다.
너무 맛있어 눈물이 핑 돌았다.

어느 덧 10개월이 지났다.
달수를 꽉 채우고 내 편(나연이)이 세상에 태어났다.
울음소리가 우렁찬 것 보니 나중에 가수가 되려나 싶다.

"산모님 공주입니다. 아기 손가락 10개, 발가락 10개 모두 정상으로 태어났구요.
 탯줄도 잘 제거했습니다. 축하드려요."

그러나 나에게 온 축복은 모두에게 축복은 아니었나 보다.
항상 아들을 노래 불렀던 시어머니의 반응이 냉랭했다. 첫째 형님이 딸 하나만 낳고 가족 계획을 마무리 지은 탓에 내가 아들 낳기를 꼭 바랐는데 아쉬운 마음이 크셨는지 딸이라는 얘기를 듣자마자 집으로 돌아갔다 했다.
모자란 엄마를 만나 소중한 내 아이가 외면당했다는 사실에 설움이 울컥 솟구쳐 올라왔다.
아무것도 모르고 연신 울어 대는 딸아이가 안쓰러웠다.
제왕절개로 출산을 해 병원에 입원해 있으면서
시어머니의 일이나 다른 것은 생각할 시간도 없이 온전히 아이에 대해 나에게 던지는 물음이 많아졌다.

'건강히 오래 살면서 잘 키워 낼 수 있을까?'
'우리 엄마가 살아 계셨으면 얼마나 좋았을까.'
'난 좋은 엄마가 될 수 있을까?'

퇴원과 동시에 아이를 데리고 집으로 돌아오니 엄마의 부재가 새삼 느껴졌다.

다른 사람들은 출산하고 나면 엄마가 미역국도 끓여 주고 자라고 아기도 돌봐주고 그런다던데

어리광 부려도 받아 줄 엄마가 없다는 게 한번 더 실감이 나는 순간이었다.

나만 보면 방긋 방긋 웃는 아이의 얼굴을 볼 때면 눈물이 비 오듯 쏟아졌다.

엄마가 너무 보고 싶다.

나는 절대 일찍 떠나지 말아야지.

우리 아기가 훗날 시집가면 축복도 해 주고 산후조리도 해 주고 그렇게 오래오래 뒷방 늙은이가 될 때까지 옆에 있어 줘야지.

아이가 태어나 자랄수록 신랑은 밖으로 나가는 횟수가 더 잦아졌다.

모든 사람들은 다 이렇게 살 거야. 나만 힘든 건 아니야.

처음이라 모든 게 낯설고 어색한 독박 육아속에서 애써 나를 위로한 말들이다.

아이가 열이 나기라도 하는 날은 비상이었다. 새벽 달을 벗삼아 아이를 안고 뛰었다.

그래도 괜찮았다. 세상에 온전한 내 편이 있으니까.

어느 날부터 남편이 외박을 하기 시작했다.

술에 취해도 집에는 들어오던 사람이 요즘은 연락도 없이 집을 들어오지 않는다.

외박한 일로 투닥거리는 일이 일상화되어 갔고 나도 어느 정도 마음을 비웠다.
두 번 다시 그러지 않겠다는 약속은 했지만 그 약속은 3일을 버티지 못했다.

이 결혼의 시작이 어쨌던 아이가 태어났고 나는 이 가정을 지키고 싶다.
아이에게 집이란 존재가 항상 아늑하기만 했으면 하는 내 작은 바람은 지켜지지 않았지만 말이다.
특히 술을 마시고 집에 들어오지 않는 그 밤은 가정을 지켜 내고 싶다는 마음과 기다림이 머리를 이리저리 휘젓고 다녔고
그러다가 신세 한탄을 하는 내자신을 발견하면서 아이에게 미안해졌다.
외롭던 세월이 덧없이 지나가면서 둘째 딸 나은이도 태어났다.
설상가상 남편은 더 제멋대로 굴기 시작했다.
제멋대로 굴던 그이는 자신이 하는 일에 여자가 입을 댄다며 폭력을 행사했다.

"당신 어제 어디서 잤는데?"

"니가 말해 주면 아나?"

"당신 너무 뻔뻔한 거 아니가? 어제 나은이 열이…"

"고만해라 하면 고만해라! 확 마."

다음 날 새벽 3시.

잠든 딸아이들 옆에 누웠다.
컴컴한 방에서 잠들지 못한 채 아이를 토닥이며 눈만 껌벅거리고 있었다.
우당탕 소리가 들리는 걸 보니 남편이 집에 온 듯했다.
조용히 몸을 일으켜 방문을 열었다.
빛에 눈을 찡그리며 쳐다본 모습은 가관이었다.
현관문 쪽에서 취해 비틀거리는 남편의 옆에는 웬 짧은 치마를 입은 여자가 남편을 부축하고 있었고 남편은 4차를 노래 부르고 있었다.
가슴골이 깊게 보이는 여자는 그런 남편을 오빠라 부르며
오늘은 이쯤까지라는 둥의 이야기를 해 대고 있었다.
육아에 허덕이느라 제때 감지 못한 머리를 대충 묶은 나와는 반대로
예쁘게 혹은 야하게 보이게 차려 입은 여자는 그 자리에 서 있는 나를 더 초라하게 만들었다.

"누구세요?"

내 물음에 남편에게 정신이 팔려 있던 여자는 나를 치켜 봤고 몸을 바로 세웠다. 입술이 새빨간 젊은 여자는 당연한 걸 묻냐는 듯 피식 웃으며 대답했다.

"나? 이 집 아저씨 애인~"

집에 여자가 다녀갔다.
너무도 당당히 남편의 애인이라 자신을 소개한 여자는 나를 위아래로 훑어보곤
홀연히 사라졌다. 머리채라도 잡고 싸웠어야 했는데 도저히 그럴 용기가 나지 않았다.
그저 배신감에 손이 떨리고 몸이 차가워질 뿐이었다.
다음 날 늦은 오후에 남편은 깊은 숙면을 취하고 일어났다.
숙취에 몸이 무거운지 상체를 세워 벽에 기대 앉았다.

"당신 어제 그 여자 누군데?"

"무슨 여자?"

"그건 당신이 더 잘 알겠지. 애인이라 하던데 그 여자 만나고 다닌

다고 집에 안 왔던 거가?"

"고만해라."

"뭘 그만하는데 말해 봐라 누군데?"
순간이었다.
옆쪽에 있었던 리모컨이 퍽 하고 반대편 옷장에 부딪혀 떨어졌다.
심장이 쿵쾅거리고 손끝에 따뜻하게 돌던 피들이 순식간에 사라졌다.
방 구석 자리에서 인형을 가지고 놀던 아이도 놀랐는지 조용히 아빠를 바라보다
눈치를 보기 시작했다.

"그만하라 하면 그만해라. 이유가 있으니까 만나는 것 아니가?"

남편은 내가 추궁하듯 계속 물어보자 흥분한 듯 보였다.
상체를 완전히 일으키더니 나에게 다가와 산후풍으로 퉁퉁 부어 있는 다리를
힘껏 걷어찼다. 망치에 맞은 듯 다리가 묵직해지고 몸은 바닥으로 쿵 떨어졌다.
바닥에 넘어진 나의 눈높이를 맞추고 신랑은 다가와 내 가슴팍에 주먹을 몇 차례 더 꽂은 후에야 서랍장 위에 올려진 담배를 꺼내

한 개피 물더니 불을 붙였다.

남편의 퀴퀴한 담배 냄새가 방안을 진동했고 나는 묵직한 다리를 끌고

아이들을 감싸안았다. 천장으로 아지랑이 피듯 담배 연기만 남긴 채 방문을 세게 밀치며 남편은 밖으로 나갔다.

얼음판을 걷듯 싸늘한 공기가 감돌던 방안에서 아빠라는 사람이 사라진 후

첫아이는 시끄럽게 울음을 터뜨렸다. 덩달아 자고 있던 갓난쟁이도 목이 떠나가라 울기 시작했다.

아이도 나도 이 집도 모든 게 엉망진창이었다.

"나연아… 나연아… 엄마 괜찮다. 울지 마라. 괜찮다."

공중에 다 흩어지지 않은 연기들이 일렁이는 곳에서

아이들을 안고 어릴 적 이후로 처음 나는 펑펑 울었다.

그날 이후로 집에 들어오지 않는 날은 20일 이상 지속되었다.

가져다주던 월급도 뚝 끊겼다.

배고파 우는 갓난쟁이에게 젖을 물려 봐도 젖 양이 충분하지 않았다.

나는 집 밑 나이 든 할머니가 운영하는 작은 구멍가게에서 라면을 외상을 해 오는 날이 많아졌다.

물을 가득 부은 냄비에 스프를 적당히 넣고 끓여 낸 라면 국물을

벌컥벌컥 마시다시피 했다.
그리고 남편이 집에 들어오는 날이면 내 눈가에는 멍이 하나씩 늘어났다.

며칠 후
진희 엄마(남편 친구의 아내)가 집에 찾아왔다.
결혼 전부터 자주 보며 꽤 친해진 친구였다. 나연이와 또래를 키우고 있던 진희 엄마는
순한 내가 마음이 자꾸 간다며 간혹 찾아오곤 했다.
아이들을 마당에서 뛰놀게 한 다음 집으로 들어와 나를 보더니 깜짝 놀라는 듯했다.

"나연아(나에게 이름 대신 첫아이 이름을 불렀다.) 몸이 왜 이렇노? 나은이 낳고 산후조리 제대로 못 했나? 시엄마가 와서 좀 안 봐 주시드나?
무슨 일이고… 얼른 옷 입어라 이거 그냥 놔두면 니 큰일난다."

진희 엄마는 아이들을 대충 챙기더니 나은이를 자신이 품에 안고 나를 한의원으로 데려갔다.
그도 그럴 게 요즘 온몸이 퉁퉁 부었다. 애를 출산하고도 붓기는 있었는데 점점 더 부어 가는 기분이었다.
50대쯤 되어 보이는 한의사가 정강이를 꾹 눌러 보았다.

푹 들어간 살은 몇 분이 지나도 되돌아오지 않았다. 푹 눌러 놓은 찰흙 같았다.

약을 지었다. 저 조차도 신경 쓸 겨를이 없던 불쌍한 몸뚱이를 애먼 진희 엄마가 돌봐 주었다.

집으로 돌아와서도 진희 엄마는 한동안 이야기를 들어 주었다. 간간히 '미친놈', '나쁜 새끼', '싸잡아 죽일 새끼들'이라며 욕설도 섞어 가며 같이 화를 내 주었다.

마당에서 아이들이 과자가 먹고 싶다는 말에 애들을 이끌고 슈퍼에 다녀온 진희 엄마는 기저귀와 분유를 몇 통 들고 들어왔.

부엌 가장자리에 보기 좋게 놔두고 진희의 옷을 여몄다.

"나연아 내 또 와 볼게. 호철씨 사람 그래 안 봤는데 인간말종이다. 무조건 니랑 애들만 생각하고 굶지 말고 있으라 알았제."

"오늘 너무 고맙다… 막막했는데 진짜로 고맙데이. 이 신세를 어찌 다 갚겠노…"

"나연아 내 가고 나면 애 베개 밑에 한번 봐라. 별건 아닌데 절대 부담 갖지 말고!"

그리고 퉁퉁 부은 손을 꼭 잡아 주었다.

어깨도 두 번 정도 쓸어 만지다 해가 산너머로 져 갈쯤 진희 엄마는 집으로 돌아갔다.

나은이 베개 밑을 들춰 보았다.

흰 봉투가 놓여 있었다. 많은 돈이 들어 있었다.

감사함과 부끄러움, 서러움. 여러 감정들이 섞여 속을 울렁이고 있다.

한동안 남편이 생활비를 주지 않아도 애들을 배불리 먹일 수 있었다.

우당탕.

술 취한 신랑이 집에 들어왔다.

밖에서 일이 잘 안 풀린 건지 욕을 쉴 틈 없이 내뱉었다.

애들 잔다고 조용히 하라는 내 말이 거슬리기라도 한 것인지

내 뺨을 사정없이 내리쳤다.

그리고 머리채를 잡아 벽에 여러 차례 내리 꽂았다.

이마가 찢어진 건지 눈 옆으로 뜨뜻한 것이 흘러내렸다.

연한 핑크 톤의 벽지도 뻘건 액체가 묻어져 나왔다.

이것으로도 부족한 건지 유리로 된 장식장이 있었는데 주먹으로 내리쳐

바닥으로 유리가 와장창 흘렀다.

아이들의 울음소리는 배경 음악과 같았다.

피범벅이 된 손으로 내 머리채를 잡고 방 이곳 저곳을 끌고 다니며

주먹질을 해 댔다. 머리가 띵하다. 눈을 제대로 뜰 수가 없다.

애들 어쩌지. 유리 조각 밟으면 다치는데.

주먹질이 끝이 나고 짐승놈은 바닥에 대자로 드러누워 팔자 좋게 코까지 골고 있다.
끌려 다니던 때 유리를 밟았는가 발바닥에도 피가 범벅이 되어 있다.
나는 우는 아이들을 챙기고 고무로 된 푸른 슬리퍼를 끌고 밖으로 나갔다.

막상 밖으로 나오고 보니 갈 곳이 없었다.
둘째는 업고 첫아이의 손을 잡고 한참을 걸었다. 푸른 고무 슬리퍼에서 붉은 액체가 묻어 나왔다.
발바닥이 따끔거려 온전히 걷진 못했어도
무작정 걷고 또 걸었다. 소리 없는 눈물이 양 볼을 넘어 목줄기를 타고
하염없이 흘러내려 티셔츠가 젖어 들어 갔다.

"엄마. 나 잠 온다."

엄마 손에 이끌려 무작정 걷던 첫째 나연이가 잠이 오는가 눈을 비비며 말했다.
등에 업혀 있던 나은이는 진정했는지 다행히도 잘 자고 있었다.

어디든 가서 애를 재워야 하는데 주머니를 보니 돈이 없었다.
아버지가 문득 생각이 났다. 거기라도… 가 보자.
조금 큰 길가로 나가 보니 술 취한 이들이 집에 돌아가고 거리는 한산했다.
얼마나 서 있었을까? 머리에 불을 켜고 유유히 도로로 들어오고 있는 택시가 한 대 보였다.
손을 앞으로 뻗고 위아래로 큼지막하게 흔들었다.
택시는 라이트를 한번 깜박이더니 이내 앞에 세웠다.

"저 아저씨 죄송합니다. 저… 연산동까지 가야 하는데 제가 돈이 없어요. 애들도 잠이 온다고 하는데 한번만 태워 주시면 안 되나요?"

어린 아이를 업고 허리를 반쯤 숙여 아저씨에게 부탁했다.
첫째는 내 손을 잡고 눈을 비벼 대고 있었다.
택시기사님은 재수없다는 듯이 인상을 구기며

"별 재수가 없을라니까 에잇."

차를 휙 출발시켰다.
세워져 있던 택시자리로 뿌연 연기만 잔잔히 남아 있다 사라져 갔다.
또 정처 없이 기다렸다. 너무나 죄송한 일이지만 마음씨 좋은 기사님을 만날 수 있지 않을까 하는 마음에.
사실 나에게는 죄송한 마음보다도 새벽녘 어둠이 내려앉은 제법 쌀쌀한 거리에
엄마 하나만 믿고 나와 있는 저 작은 아이들이 고생한다는 생각에 마음이 바빠졌다.
피곤이 많이 밀려온 첫째가 징징거리기 시작했다.
미안하다는 말을 습관처럼 하면서 눈은 도로 상황을 빠르게 살폈다.
택시가 왔다. 아까보다 손을 더 크게 흔들었다.

"아저씨 제가 돈이 없는데 연산동까지 가야 해요. 아이도 힘들어하고 한 번만 도와주실 수 있나요. 부탁드립니다."

아버지뻘 돼 보이는 기사님은 나를 한 번 나연이를 한 번 번갈아 봤다.
웬 젊은 여자가 꼴은 엉망진창에 아이는 둘이나 데리고 나와 있는 걸 보면 아무래도 무슨 일이 있었나 보다 했을 테다.

"타이소."

다행이다!
다소 무뚝뚝한 것 같아 보이긴 했지만 마음씨가 좋은 기사님 같았다.

아저씨는 간간히 룸 미러로 뒤를 보시다가 입을 떼셨다.

"애들 엄마. 사는 게 퍽퍽하지요?"

"네… 쉽진 않네요."

택시 기사님의 짧은 말에 마음이 울컥했다.
아이는 금세 내 허벅지를 베개 삼아 잠이 들었다. 나는 괜시리 안 쓰러운 마음이 들었고 아이의 머리를 한번 쓰다듬었다. 그리고는 시선을 다시 달리는 창밖으로 돌렸다. 뜨거운 한숨이 속 깊은 곳에서부터 끌어올라 입밖으로 나왔다.
그러나 전혀 열 감은 식어지는 줄 모르게 속에서 꿈틀거렸다.

"이런 말 누군가는 오지랖이라 할 수도 있는데 애 엄마가 내 여식이랑 나이가 비슷해 보여서 그랍니다.
사는 게 힘이 들면 마냥 참는 게 다가 아니요."
기사님은 다시 한번 백미러로 나를 흘끔 쳐다봤다.
맞아서 퉁퉁 부은 얼굴 하며 내 꼴이 사람이 아니었을지도 모르겠다.

"보니까 그 집 양반도 내 알 만하네. 자기 애를 낳고 사는 여자한테 이런 짓을 하면 안 되지. 너무 힘들면 참지 말고 아이들하고 본인만 생각해요. 부모님한테 꼭 알리고.
내 이제 퇴근할라 했드만 마음이 영 안 좋네."

위로 때문이었는지 다시금 목줄기를 타고 내려온 물들이 옷을 적셔 댔다.
입술을 꽉 깨물었다. 엄마가 우는지 자꾸 올려다보며 눈치를 보는 나연이에게
불안감을 안겨 줄 수는 없었다. 그리고 고개를 끄덕였다.
나에게만 유독 인색한 지옥 같은 세상에서 나는 오늘 천사를 만난 듯했다.
이런 저런 세상이야기를 들려주며 도로를 내달리던 택시가 연산동에 도착했다.
고개를 연신 숙이며 감사하다는 인사를 하는 엄마를 보고
나연이도 따라했다.

"아저씨 감사합니다!"

골목길 안쪽으로 접어 들어 가니 파란색 슬레이트 지붕이 보였다.
이 대문만 열면 아버지가 나를 도와주실지도 모른다.
대문의 둥글게 휜 손잡이를 쥐었다.

도와주시려나?

새어머니에게 얘기를 꺼내기도 전에 쫓겨날려나.

한참을 차가운 문고리를 잡고 이 문을 밀지 말지를 고민했다.

나는 다시 아이의 손을 잡고 가로등이 비추는 골목 밖으로 사라졌다.

6.

악몽 같은 나날속에서도 나는 죽지 않고 살아 있었다. 나란 인간은 참 끈질기었다.

남편의 행패로 본다면 나는 벌써 이 세상 사람이 아니어도 이상하지 않을 일이었지만

사람의 목숨은 질기다고 했던가. 죽지는 않았다.

내 손으로 끌어들인 이 지옥속에서 아이들도 7살, 4살이 되었다.

인테리어 사업체에서 일을 하던 신랑의 회사가 IMF로 인해 부도를 맞았다.

일은 꼬박 나가던 것 같던 남편은 회사가 부도로 망하자 거의 놈팽이가 되었다.

집에 붙어 있는 걸 보니 여러 차례 바뀌다 최근 만나는 새여자도 떨어져 나간 듯했다.

며칠에 한 번 꼴로 고주망태가 되어 들어오긴 했지만 외박은 자주

하지 않았다.

빨래를 하러 간 잠깐의 사이에 큰아이 울음소리가 마당까지 들렸다.

놀라 집으로 뛰어 들어가 보니

벽에 목을 반쯤 기대고 누워 인상을 쓰고 있는 남편 옆에서 눈치만 보며 휴지를 만지작거리는 나은이와

목에 핏줄이 터져라 울고 앉아 있는 나연이가 보였다.

티비를 보고 있는데 방해된다는 이유로 나연이의 얼굴을 리모컨으로 때린 것이다.

고집이 있었던 아이는 끝까지 옆에서 악을 쓰며 울고 있었고

남편은 한번 더 리모컨을 높게 들어 때리려는 액션을 취했다.

그러다 내가 들어온 걸 보고는 인상을 팍 쓰고 시선을 다시 티비로 옮기며 말했다.

"야 이거 치아라. 애새끼가 누굴 닮아서 이래 시끄럽노."

남편은 꼭 시끄러운 라디오쯤으로 취급하며 아이를 내 쪽으로 발로 쑥 밀어냈다.

아빠의 발 끝으로 밀려 난 나연이는 더욱 크게 울어 댔다.

얼른 아이를 안아 올렸다. 찰나의 순간에 한 대 더 때릴지 모른다는 공포감이 다가왔다.

나는 부엌 옆 작은 쪽 방에 아이들을 데려다 놓고 안방으로 들어

갔다.

엄마는 위대하고 또 용감하다 했던가.

소심하고 주눅들어 사는 나도 엄마였나 보다.

나한테는 몰라도 아이한테 하는 것만큼은 용납이 되지 않았다.

"니 지금 뭐하는데? 니가 사람이가?"

누워서 티비를 보던 인간은 바로 옆까지 다가와 서서 말하는 나를 고개를 조금 젖히고 눈알을 치켜 떠 쳐다보더니
용수철이 튕겨져 오르듯 일어서 주먹으로 머리를 때렸다.
악 소리를 낼 틈도 없이 벽에 밀어붙이고 목을 힘껏 졸랐다.
자신에게 나불거렸던 입을 손바닥으로 세차게 잡아 누르더니 한 번 더 힘을 줘 눌렀고 큰 눈으로 자신을 쳐다보는 눈알이 마음에 들지 않았는지 부엌으로 가 칼을 들고 왔다.
목을 쑤시겠다며 위협했고 그래도 눈도 깜박이지 않고 쳐다보는 나에게 화가 났는지 칼을 아무렇게나 던지고 발길질을 몇 차례 더 하고 집을 나갔다.

"사람은 오래 살라면 주댕이를 함부로 놀리는 거 아니다. 알아들었나."

양손으로 허리춤에 대롱거리던 셔츠를 한번 크게 털더니 담배를 물고 집밖으로 나갔다.

짐승이 나가고 난 후 엉망진창이 된 집 바닥에 누워 보고 있자니 헛웃음이 났다.

그러다 문득 정신을 차리고 주변을 둘러보니 큰아이가 작은아이를 감싸 안고

책상 밑에 들어가 미동도 없이 고개를 숙이고 있었다.

심장이 덜컥 내려 앉는 것 같았다. 어른도 감당하기 어려운 모습을 아이가 그대로 직면을 했으니 충격이 얼마나 컸을까.

아이를 생각하고 먼저 챙겼어야 했는데 내 자신이 한번 더 원망스러웠다.

7살의 어린 나이에 어른이 되어 가는 내성적인 아이와 곧 언니 뒤를 따라 그렇게 될 것이 뻔한 아이들을 이 집에선 지킬 수 없었다. 이 지옥 같은 곳은 나와 내 아이들은 하루도 견디기 힘든 곳이었다. 눈물이 하염없이 흘러내렸다. 먼 하늘의 별조차 보이지 않는 밤에도

"엄마… 나 좀 도와주세요…"

내 엄마가 살아 계셨다면 나를 이렇게 두지 않았을 텐데… 의지와 상관없이 자꾸 흘러내리는 눈물을 닦아 내고 힘을 내 보기로 했다. 그래서 가출을 결심했다. 막상 가출을 결심하고 보니 가져 갈 물

건도 딱히 없었다. 아이들이 좋아하는 머리카락이 긴 인형이 전부였다.
내가 무슨 말을 하는지 온전히 이해하지 못할 어린아이를 붙들고 한 글자 한 글자 또박또박 이야기했다.
엄마가 자신들을 버리는 것이 아님을, 엄마가 다시 올 것이라는 말을 기억할 수 있도록 말이다.

남편이 집에 없는 틈을 타 아이들을 데리고 한 선교원으로 향했다. 그곳은 아이들을 돌봐 주는 보육원이었는데 그곳에 아이들을 맡겼다.
엄마와 안 떨어지려 할 줄 알았는데 나연이는 나은이의 손을 꼭 잡고 의외로 덤덤하게 고개를 끄덕였다.

"나연아. 돈이 많아야 엄마랑 나연이랑 동생이랑 같이 살 수 있거든? 엄마 진짜 돈 많이 벌어 가지고 큰 인형 사서 올 테니까
그때까지 원장님 말씀 잘 듣고 기다릴 수 있제?"

새끼 손가락 걸고 약속을 한 후 소리가 새어 나올까 입을 틀어막고 뒤돌아 선교원을 빠져나왔다.
그날 이후 나는 닥치는 대로 일을 시작했다.
국밥집 홀에 얹혀 지내면서 설거지도 하고 평범한 가정에 가사도

우미 일도 했다.

몇 개월이 지나고 나니 제법 돈이 모였다. 조금만 더 열심히 하면 아이들과

작은 단칸방 하나라도 구해서 같이 살아갈 수 있을 것 같았다.

내 근황을 간간이 전하고 있었던 선교원에서 국밥집으로 전화가 왔다.

"어머님. 나연이가 병원을 가 봐야 할 것 같아서 전화드렸습니다."

심장이 철렁 내려 앉았다.

어디가 아팠었던가? 분명히 괜찮았던 것 같은데.

한달음에 선교원으로 달려갔고 동생을 데리고 노는 딸아이가 보였다.

여자원장님 말씀으로는 근래 들어 자꾸 팬티가 시도 때도 없이 젖어 든다고 하셨다.

기저귀를 떼고부터 간간이 팬티를 적시긴 했는데 이렇게 심하진 않았다.

친구들에게 놀림을 받은 나연이는 화장실에서 잘 나오지 않는다며 내원해 보기를 권유했다.

부산에 위치한 대학병원을 세 곳 정도 다녀왔다.

선천적으로 콩팥에 기형줄을 하나 더 달고 나왔던 나연이는 커가

면서 그 줄이 이미 지금도 조금 굵어진 상태고 자라나면서 점점 더 굵어진다고 했다.
소변이 의지와는 다르게 계속 흐를 거라 살아가는 데 불편한 요소가 많아져 콩팥을 제거해야 된다 했다.

"선생님 저희 딸이 이제 7살입니다. 앞으로 살아갈 날이 너무나도 많이 남았는데
콩팥 하나 없이 어째 살아갑니까. 반이라도 아니 조금이라도 남겨주세요. 부탁드립니다."

두 손이 뜨거워질 때까지 싹싹 빌었다.
나는 운이 좋은 사람인가 보다.
다행히 실력 좋은 교수님이 최대한 살려 보겠다고 얘기하셨다.
나연이는 입원을 하게 되었고 각종 검사를 받았다.
잠든 나연이를 병실에 두고 나은이의 고사리 같은 손을 잡고 공중전화기로 향했다.

"여보세요."

남편 목소리였다.
심호흡을 가다듬고 입을 열었다.

"나연이 지금 병원이다. 콩팥에 문제가 생겨서 수술해야 된단다."

잠깐 말이 없던 남편은 이내 굵직한 목소리로 또박또박 말했다.

"가출하고 나갈 땐 니 혼자 잘해 처 먹을라고 나간 거 아니가?
니 병원 좋아하데? 애새끼 나는 모르겠고 우리 엄마한테 전화해 가 돈 달라 소리하면 직이삔다. 알았나."

뚜뚜뚜--

나는 무엇을 바래서 전화를 했던 것일까.
실망할 겨를도 무너질 겨를도 없었다.
큰언니에게 전화를 했다.
언니는 다급히 병원으로 왔고 어려운 형편이었지만 언니의 도움으로 나연이는 수술을 받을 수 있게 되었다.
큰 수술을 받고 깨어난 나연이는 아빠는 언제 오냐고 딱 한번 물었다.
그 후로는 찾지 않았다. 큰이모가 사다 준 짱구 책을 재미나게 읽고 잠들기를 반복했다.
어느 날 남편이 시어머니와 병원을 찾아왔다.
둘은 입원실에 잠든 아이를 한번 보고 병실을 나가더니
과잉진료로 아이의 퇴원을 미루고 있다며 의사랑 간호사와 한바

탕 난리가 났다.

큰 수술을 받고 아직 회복이 되지 않은 아이를 퇴원시키라는 남편과

지금 내보내면 아이가 분명 다시 병원으로 올 것이라고 그럴 수 없다는 의사와의 대립은 남편이 의자를 집어 던지면서 끝이 났다.

나연이는 퇴원했다.

퇴원을 하기 전 나연이의 담당 교수님이 나를 보기를 청했다.

"어머니, 왜 엄마를 '모'라고 하는 줄 아시나요? 한자를 보면 '어미 모'잖아요.

그게 엄마가 아이에게 젖을 물린다는 뜻이래요. 그래서 엄마는 아이를 지켜 줘야 합니다.

집에 가서 아이가 열이 많이 난다면 염증이 생긴 것이니 바로 병원으로 다시 오세요.

왜 어머님이 병실 밖에서 자꾸 우시는지 오늘 보니 이해가 가네요."

의사 선생님의 말씀이 맞았다. 퇴원한 그날 저녁 나연이는 열이 치솟았다.

나연이는 병원에서 나온 지 10시간도 채 되지 않아 병원으로 다시 돌아갔다.

"어머니. 나연이 수술 부위에 염증이 생겼어요. 항생제 반응만 보고 기다리기엔
상태가 좋지 않아 지금 바로 염증부터 뽑아내야 할 것 같습니다."

멸균 복을 입고 어두운 방으로 들어갔다. 나연이는 오른쪽으로 누워 나만 보고 있었다. 마취 없이 바로 진행된 처치는 기다란 관을 수술 부위에 여러 번 꽂았다 뽑기를 반복했다. 내 손을 힘껏 쥐면서 아이는 고통에 몸부림쳤다.
아이가 거의 실신할 즈음 끝이 났고 병실로 옮겨졌다.
지쳐 잠든 아이를 두고 병실 밖 문 앞에 쪼그려 앉아 울었다.
양손으로 가리려 해 봐도 눈물이 다 가려지지 않았다.
옆에 서 있던 나은이가 내 어깨를 쓰다듬었다.

"엄마 울지 마."

한 달이 지나갈 때 즈음 나연이는 퇴원했다.

아직 회복이 필요했던 아이를 더 이상 보육원에 둘 수가 없어서
나는 다시 그 악몽 같은 집으로 돌아가기를 스스로 선택했다.
아이들과 집으로 돌아가는 길에 많은 생각이 머리를 스쳐 지나갔다.
쫑알거리기를 좋아하던 아이도 말이 없었다.
집으로 두 아이를 데리고 들어갔다.

부엌 한 켠에 서서 무언가를 씻어 내고 있는 시어머니가 먼저 눈에 들어왔다.
인기척에 고개를 휙 돌려 보더니 다급하게 아이 아빠를 불렀다.
앞 전 가출했던 일을 지금이라도 단단히 잡고 넘어가려는 듯했다.

"호철아. 저년 저거 두 번 다시 못 나가구로 머리를 확 다 밀어 놔 삐야 된다."

손에 묻은 물기를 바지자락에 대충 닦아 낸 시어머니는 남편에게 내 머리카락을 다 밀어 버리라 하셨다. 흥분을 가라앉히지 못하셨다.
신랑은 집에 막 도착한 아이에게 안부를 묻기는커녕 가위를 가져오라 했다.
할머니 말을 들었던 아이는 두려움에 떨며 내 뒤에 내 옷자락을 잡아당겼다.
아이가 아무것도 가져오지 않자 남편은 부엌으로 내려와 한 손에는 칼을 집어 들고 다른 한 손은 내 머리채를 움켜쥐고 무작정 방 안으로 끌고 들어갔다.
아이를 챙길 틈도 없이 순식간에 벌어진 일이라 양손으로 내 머리카락을 움켜쥔 손을 뜯어 내 보려 발악을 해 봤지만 뜯어 낼 수가 없었다.
칼을 본 시어머니도 큰 일이 날까 싶었는지 다급하게 남편을 막아

섰다.

"아이고 철아. 이런 것 때문에 니 신세 망친다. 칼 내리 놔라. 응?"

시어머니의 만류도 뿌리치고 힘으로 나를 바닥으로 강하게 눌렀다.
그러곤 쥐고 있던 뭉텅이가 투박한 무엇인가에 썰려 나가는 듯한 느낌이 들더니
이내 시꺼먼 털뭉치가 바닥에 툭툭 떨어졌다.
떨어져 나가고 나면 다른 머리카락을 또 움켜쥐고 썰어 내기를 몇 번 반복하고 나니 더 이상 잘라 낼 머리카락이 없었는지 칼을 방 한 켠으로 훅 집어 던졌다.

"엄마요. 이거 밖에 못 나가구로 잘 보고 있으소."

고르지 않는 숨을 크게 쉬어 가면서 시어머니에게 말하더니 부엌 쪽으로 내려갔고 이내 신랑이 집을 나가는 소리가 들렸다.
머리를 만져 보니 쥐가 파먹고 난 듯 머리가 일정하지 않게 다 잘려 나갔다.
설움이 폭발하듯 터져 나왔지만 시어머니는 전혀 이런 나는 신경도 안 쓰였던 건지

"하이고. 집에 여자를 잘못 들이면 이런 사달이 난다. 아이고야."

이런 소리나 내뱉으며 신랑이 던진 칼을 치우려고 집어 들고 있었다.
그러더니 순간 화가 났던 건지 한마디를 더 얹었다.

"니 앞으로 어디 기어 나갈 생각은 하지도 말아라.
어느 집 귀한 아들 잡아먹으려고.
니 때문에 철이 범죄자 되면 니가 책임질 끼가? 어?"

제정신이 아닌 그 인간보다 시어머니가 더 원망스러웠다.
하염없이 눈물이 흘렀다.
엉망이 되어 버린 머리카락처럼 나는 만신창이가 되어 갔다.
그러다 아이들이 번뜩 머리를 스쳤다.
눈 가득 흘러 넘치던 눈물을 손등으로 훔쳐 내고 나니 그제야 주변이 선명하게 보였다. 방구석에 동생을 끌어안고 있는 아이가 보였다.
머리를 망치로 세게 맞은 듯한 기분이 들었다.
더 이상 이런 곳에서 아이를 키운다는 것은 나의 강한 착각임을 깨달았다.

7.

우리는 이혼을 하기로 했다.
상처뿐인 결혼 생활을 더 이상 이어 가고 싶지 않았다.
작은 마당에 짐들이 쌓이기 시작했다.
버릴 것들이 얼마 없을 줄 알았는데 생각보다 있었다.
쌓여 있는 짐들 한 켠에 결혼사진 액자가 아무렇게나 던져져 있었다.
신랑은 왔다 갔다 분주히 움직이며 집안에 모든 짐을 다 꺼냈다.
그 과정에서 나뒹굴고 있던 결혼 액자가 밟혀 유리가 꼭 우리처럼 박살이 났다.
언 8년간의 시간도 내다 버렸다.
드디어 지옥 같던 삶이 끝이 난다는 생각에 홀가분하기도 했다.
우리 부부의 이혼소식을 들은 시누이가 시어머님을 모시고 양산에서 부리나케 부산으로 왔다. 정리가 되지 않은 어수선한 집에서 작은 밥상 위에 물 한 잔씩을 두고 앉은 우리는 아이들을 봐서 한 번 더 생각해 보라는 시누이의 오랜 설득 끝에 나는 곤히 잠든 아이들을 한 번 바라봤다.
아이들을 위한다는 명목으로 이혼을 결정했던 나였지만 사실은 커 가는 아이들을
가진 돈 하나 없고 능력도 없는 내가 온전히 케어 한다는 것은 현실적으로 쉽지 않았다.

하지만 한번 먹은 마음을 다시 되돌리기는 쉽지 않았다. 더군다나 저런 남자와 어떻게 더 살아갈 수 있을지에 대한 고통이 더욱 나의 입을 열게 하지 않았다.

어쩌면 나약한 엄마인 것을 들키고 싶지 않았던 이상한 나의 억지였을지도 모르겠다. 강하게 이혼하리라 마음먹은 나였지만 시누이 부부와 몇 시간 동안 이야기를 나누며 나의 한계를 나 혼자 느끼고 결정해 버린 것일지도.

'아이들 때문에.'

그러나 나는 다른 의미로 아이들 때문이라는 비겁한 핑계를 앞세워 다시 한번 시작해 보기로 어리석은 약속을 했다.

"나연이 엄마. 철이도 맨날 저렇게 놀아서야 쓰겠나. 애들도 키워야 되는데 안 그렇나?"

그날 내 손을 잡고 이야기하던 시누이는 평소 내가 알던 시누이와는 다른 사람이었다.

늘 우리에게 쌀쌀맞던 시누이가 맞을까 싶은 생각까지 들었다. 남편보다 8살이 많았던 시누이는

큰일 앞에서 어른이었다. 그것이 제 동생을 위하는 행동임을 미처 알지 못했다.

그때 알았다면 나는 그 손을 뿌리치고 두 아이를 데리고 그 집을 나왔을 텐데 말이다.

나는 시어머니와 시누이가 같이 운영하던 식당에서 일을 배우며 월급을 받기로 하고

다음 날 파란 트럭 위에 아이의 책상, 쓸 만했던 살림살이들을 싣고 양산으로 향했다.

신랑은 양산에서 알고 지내던 사장님과 이야기가 잘 되어서 출근을 하기로 했다.

1시간을 넘게 달려온 양산은 예전에 왔을 때와는 사뭇 다른 느낌이었다.

그날은 햇빛이 쨍쨍했다.

바스락.

흙을 딛고 내려 익숙한 듯 익숙하지 않은 길을 아이들의 손을 잡고 걸었다.

아이들을 어른들께 인사를 시켰다. 분주한 이모님들은 아이들에게 반갑게 인사를 해 주었다.

시누이는 도착한 우리에게 식당 옆 작은 단칸방을 내주었다.

그동안 신랑의 실직으로 살림살이가 변변치 못해 아이들에게 많이 미안했는데

일해서 받는 월급으로 넉넉하진 못해도 엄마로서 무엇인가 해 줄

수 있다는 사실이 기뻤다.

그동안 부산에서 가정부로 출근하며 얻은 수익으로 지냈다. 그 수익에 비해 약속한 월급은

꽤나 쏠쏠했다. 누군가는 그 돈에 무슨 만족이냐 할 수도 있지만 나는 정말 괜찮았다.

한동안은 새벽 일찍 일어나 식당에 나가 일을 하면서 평범하게 지냈다.

아이들도 새로 전학간 학교와 유치원에서 잘 적응했다. 벌써 친구가 생겼다며 종달새처럼 재잘거렸다. 한달동안 쉬는 날 없이 일만 해서 그런지 아이들이 같은 반 친구들과 비교하며

엄마 아빠와 여행을 가고 싶다고 졸랐다. 시댁이라 입장이 난처했지만 하루 정도는 쉴 수도 있지 않을까 싶어 신랑에게 말해 보았다.

"나연이 아빠. 애들이 어디 마실이라도 나가고 싶어 하는데 주말 하루는 쉰다고 어째 말하면 안 되겠나? 매일 일만 하는 부모 밑에서 애들이 안쓰러워 가꼬…"

"니 벌써 정신 못 차리네. 누나가 지금 어떤 마음으로 여기로 우리 불렀는지 벌써 잊어버렸나?"

"안다. 아는데 애들하고 하루 정도 시간도 좀 보내 주고 싶어서…"

"그래 쉬고 싶으면 니가 직접 말해라. 나는 염치가 없어서 그런 소리 못한다."

"안 좋게만 생각하지 말고 애들도 한 번만 생각해 봐라. 며칠 쉬자는 것이 아니고
주말에 하루면 된다. 응?"

쨍그랑-

순식간이었다.
말이 끝나는 것과 동시에 주먹이 내 뒤에 있던 찻장 유리를 깨부쉈다.
뻘건 유리들이 바닥으로 후두둑 힘없이 떨어졌다.
유리가 깨지면서 신랑 손이 찢어져서 피가 주체할 수 없을 정도로 바닥을 더럽혔다.
밖에서 놀고 있는 줄 알던 아이가 큰 소리와 동시에 방문을 열어젖혔다.
언성이 높아지자 큰아이가 밖에서 기다리고 있었다.
난장판이 된 집안을 보고 잠시 멈춰 선 아이는 그 시선이 곧 유리와 피가 뒤엉킨 바닥으로 향했다. 이내 조용히 수건을 가지고 왔다.
신랑은 피 묻은 손으로 집안 이곳 저곳을 주먹으로 내려치기 시작했다. 식당 옆에 자리하고 있던 단칸방이어서 그런지 소리는 꽤나

크게 퍼져 나갔다. 일하던 이모님들도 슬쩍 우리를 보고 지나쳤고 식사하러 오신 손님들도 한번씩 뒤돌아 쳐다봤다. 그런 시선들은 의식하지 않는 듯 욕설이 끊이지 않았고 일하고 있던 시누이가 헐레벌떡 뛰어왔다.
신랑을 조금이라도 진정시켜 줄 수 있을까라는 작은 기대는 금방 허물어져 공중으로 사라졌다.

"너거 지금 뭐하는 짓이고?"

방문 밖에 선 시누이는 미간을 찌푸리고 날카롭게 말 한마디 한마디를 쏘았다.

"아… 형님 나연이 아빠가 다쳐 가지고…"

"니는 뭐하는 사람이고? 신랑이 이래 할 때까지 옆에서 도대체 뭐라고 사람을 잡아 족쳤으면 이러노. 어?"

시누이가 방안으로 성큼 들어서자 신랑은 담배를 꺼내 입으로 가져다 두면서
신발을 신고 밖으로 향했다.
두 딸아이는 방 한 켠에 손을 잡고 얼어 있었다. 나는 갑자기 생긴 이 상황들에 가슴이 진정이 되지 않았다.

오른손으로 가슴을 툭툭 쳐 내렸는데 내 행동이 시누이의 눈에는 곱게 보이지 않았을 터.

"봐라. 나연이 엄마야. 나는 다 망해 가던 것들 데려다 사람처럼 살게 해 줬다. 근데 니는 시댁에 얹혀 살면서 행동거지 하나 똑바로 못 하나?"

진정되지 않는 가슴을 쓸어내리던 손이 자연히 바닥으로 향했다. 반대로 심장은 더욱 쿵쾅거렸다. 숨쉬기가 벅찰 정도로 심장은 빠르게 뛰었다.
얼굴에 열이 달아오르는 것이 느껴질 무렵까지도 시누이는 말을 끊지 않고 이어 나갔다.

"니는 지금 여기가 어디라고 신랑이 저래 화가 날 정도로 몰아 세우는데?
니도 입이 있으면 말을 해 봐라. 어?"

"죄송합니다. 형님…"

할 만큼 했는지 시누이는 위아래를 훑어보고는 집 밖으로 나갔다. 비참한 생각에 눈물이 왈칵 쏟아질 것만 같다. 입술을 있는 힘껏 깨물어 보아도 주책 맞은 눈물이 기어코 나올 기세였다.
순간 땀에 젖은 양손을 아이들이 잡으며 옆을 가만히 지켰다.

"엄마. 울지 마."

"응. 엄마 안 운다."

자세를 낮춰 아이들을 꼭 감싸안았다.
그렇게 또 하루가 무심하게 지나가고 있었다.
신랑은 인대가 손상이 되어 병원에서 수술을 받게 되었다.
잠깐의 시간 동안 아이들은 시어머니에게 맡겨 두고 신랑이 입원한 병원으로
향했다. 기어코 따라온다는 아이들을 떼어 내고 돌아서는 길이 마음이 편하지만은 않았다. 가는 길 내도록 아이들이 구박받진 않을까 하는 걱정이 앞섰지만
작은 한 켠에는 혼자 버스를 타고 가는 이 길이 꼭 혼자 떠나는 여행같이 느껴졌다.

시누이와 일을 하면서 줄곧 나는 내 표정이 어떤지 보지 않아도 알아야만 했다.
혹여나 인상이 조금이라도 어둡거나 굳어 있는 날은 모든 게 두렵기만 하고 안절부절못하고 연신 눈치를 살피곤 했다.

그게 반복이 되자 나의 생활의 90%는 불안과 두려움으로 가득 채워졌다.
가진 것 하나 없이 얹혀 산다는 사실에 자연스레 기가 죽었고 하고 싶은 말은 모조리 삼켜야만 했다.
모든 것이 행복할 것만 같았던 나에게 어둠의 그림자가 다가옴을 말하지 않아도 피부로 느껴졌다.

"중산 이모. 부산에서 사니 못사니 하는 것들 데려다가 사람 만들어 놨더니
여기 일 좀 한다고 인상 쓰고 있는 것 한번 보이소. 반찬 그 몇 개 만드는 게 저래 힘든 일인가 싶다 내는. 고마 내 같으면 감사합니다 하고 밤새도록이라도 해 보겠다. 안 그랍니까?"

중산 이모는 시누이의 말에 나에게 눈길을 한번 주고는 이내 사람 좋은 웃음으로
대꾸했다.

"처음에는 고마 다들 힘들다이가. 그래도 이런 시누이가 어디 있노. 맘씨 좋은 정이 엄마가 잘 가리쳐 주라."

시누이 따라 나에게 막대하는 이모들도 계신가 하면 또 슬쩍 챙겨주는 이모들도 계셨다. 그런데 오늘은 참 억울했다.

일이 힘들어서 아니라 요즘 들어 불면증이 심해진 탓에 하루 종일 멍하니 두통이 계속되어서 눈을 제대로 뜰 수가 없었다.

병원을 다녀오겠다는 말은 감히 꺼낼 수조차 없어 그냥 악으로 버텼다.

중산 이모는 큰 냄비를 옮기고 서는 슬쩍 내 등짝을 두어 번 토닥거렸다.

그런 상황 속에서 시어머니는 묵묵히 할 일을 하셨다.

오히려 말씀이 없으신 시어머니께 감사하기도 했다.

같이 살아가는 동안에 시누이는 막말이 더 심해지기 시작했다.

어느 날이었다.

"이모들에. 여기 와서 영수증 한번 보이소. 우리 가게 전화 요금 나온 게 이게 말이 됩니꺼?"

"와? 와?"

대여섯명의 이모들이 궁금증을 유발하듯 대꾸했다.

그사이에 시누이는 의기양양한듯 누런 영수증을 펴 보였다.

전화 요금이 찍힌 영수증을 테이블에 툭툭 치면서 말을 이어 갔다.

"아이고. 내 우리 가게 전화 요금이 이래 나오는 거는 가게 문 열고 또 처음이다이가.
나연이 저 쪼매난 가시나가 전화를 들었다 놨다 하드만은 요금 나온 거 한번 보이소. 내 엊그제 지나가다 들었는데 글쎄 쪼매난 년이 음란전화를 하고 있데."

"그 음란전화가 뭐꼬?"

흰 수건을 목에 두른 이모가 말했다.

"그 있다아이가. 야한 전화 주고받는 거. 요새 아들은 그런 전화를 하데?"

시누이는 격앙된 목소리로 그 드넓은 가게를 가득 채웠다.
박수를 치며 놀라는 사람. 시누이의 말에 공감하며 같이 흉을 보는 사람.
쓱- 뒤를 돌아 할 일을 찾아 가는 사람.

잠시간의 시간에도 사람들은 다들 각기 제 위치에서 다른 반응을 보였다.
고작 8살짜리 아이를 두고.
나는 다시 심장이 미친듯이 뛰기 시작했다.

심장은 뛰다 못해 목구멍으로 튀어나올 것만 같았다.
너무 빠른 심장을 내 숨이 따라가질 못하는 듯했다.
멈춘 듯한 상황 속에 놀란 듯한 표정의 사람들을 눈알 너머로 심장에 쿡쿡 박혔다.
화를 내고 있는 시누이의 표정도 느리게 인식되어 갔다.

"어린 알라가 무슨 그런 거를 안다고 전화를 했겠노?"

중산 이모가 한마디를 거들었다.
소리에 따라 고개가 휙 돌아간 시누이는 열변을 토했다.

"중산 이모. 또 모르는 소리 하시네. 저기 언제 낳은 앤데 요망하다 아인교.
내 지나가면서 몇 번을 본지 모른다. 정이 저거 키울 때도 내 이런 거는 본 적이 없다니까?"
중산 이모는 고개를 젓더니 부엌으로 들어가 버렸고 이를 보던 시어머니가 한마디를 거드셨다.

"부연이 니도 그만하고 다들 일보러 가시소."

시어머니는 낮게 깔린 음성으로 금세 상황을 정리하셨다.
그러곤 빨간 대야에 담긴 알배추 위에 몇 알을 더 담으시더니 부엌으로 들어가셨다. 이내 이모들도 각자 흩어졌다.
나는 홀린 듯이 가게를 나왔다.
새로운 이야깃거리에 반짝이는 저 사람들 입방아에 내 소중한 아이가 오르내리는 걸 견딜 수 없었다. 세상 모든 소리도 웅성거리듯이 흐리게 들리고 주변도 흐리게 보였다. 아이가 있는 단칸방으로 무엇에 홀린 듯이 빠른 걸음을 재촉했다.

"나연아."

"어! 엄마 왔다. 엄마 오늘 일찍 마쳤나?"

"아니. 엄마 잠시 왔다. 나연이 엄마한테 와 볼래?"

"왜?"

간만에 일찍 집에 온 엄마가 반가웠는지 두 아이는 내 곁에 바짝 붙어 앉았다.
앉은 키가 내 반만 한 아이를 두고 무슨 이야기를 이어 가야겠는가. 머릿속이 마구 어지러울 무렵 나는 아이를 믿기로 했다.

"나연이 고모가 볼 때 가게 전화로 누구한테 전화한 적 있나?"

"응. 선미한테 숙제 물어본다고 했었지. 왜?"

"고모가 그때 나연이한테 뭐라고 하드나?"

"아니? 그냥 보고 지나갔는데? 친구한테 가게 전화로 하면 안 되나 엄마…?"

철이 일찍 든 딸아이는 내 눈치를 살피기 시작했다.
검은 눈알이 이리저리 휘청이는 것을 나는 어찌할 바를 몰라 그냥 아이를 꽉 끌어안았다.

"아니. 친구한테 숙제 물어보는데 뭐가 잘못됐다고. 근데 앞으로는 엄마한테
전화해야 한다고 미리 말해 주면 엄마는 너무 좋을 것 같은데. 나연이는 어때?"

"응. 알았어. 엄마가 바빠 보여서 그냥 전화했는데 앞으로는 엄마한테 물어볼게!"

"그래. 그러면 너무 좋겠다."

이 아무것도 모르는 순수한 아이를 두고 어째 저런 말을 사람들에게 하는 걸까.
생면부지 남도 아닌 아이의 고모가 사람들을 모아 두고 저런 이야기를 한다는 게 진절머리 나도록 소름이 끼쳤다. 정말 나에게 그럴 용기가 있다면 머리라도 휘어잡고 싶은 심정이었다.

문 밖으로 나왔다.
손바닥은 땀으로 흥건했다. 이 일까지 참고 넘어간다면 아이에게 너무 미안할 것 같은 마음이었을까? 가게 밖에서 조카와 이야기 중인 시누이에게 앞뒤 잴 것 없이 길지 않은 그 거리를 생각 없이 걸었다.

"형님. 너무하신 것 아닙니까?"

"뭐?"

"나연이가 뭘 어쨌다고 사람들 앞에서 그런 이야기를 하는데예.
친구한테 숙제 물어볼라고 전화했다 합디다.
무슨 음란전화를 했다고 아무 것도 모르는 애를 놔 두고 그런 소리를 하시냐고요!"

한번 입에서 말이 터지니 주체할 수 없는 화에 소리를 빽 질렀다.

시누이 옆에 있던 고등학생짜리 조카는 뭔 일이냐는 듯이 나를 가만히 쳐다봤다.
조카와 똑 닮은 시누이는 잠시 벙찌는가 싶더니 내 말을 받아쳤다.

"니 지금 뭐하는 기고? 아니면 아닌 거지 누구한테 지금 이래 소리를 빽 지르노.
느그 집에서는 니를 이래 가르쳐가 시집 보냈드나? 내가 없는 소리했나?
나연이 저게 전화를 했으니까 내가 그런 소리도 하는 거지. 올케니는 애 교육이나 똑바로 시키야겠다. 진작 알게 해 줘서 고맙다는 소리는 못할 망정 지금 어따 소리지르고 난리고! 그리고 막말로 가게 전화가 느그 끼가? 어디 물어보지도 않고 전화기를 그래 쓰노. 세상 말세다. 어린 년이 그런 전화를 하질 않나 애미라는 사람은 쪼르르 와서 시댁한테 큰 소리를 치지를 않나."

어이가 없었다. 사람 간의 대화를 넘어서 무슨 벽하고 이야기를 하는 느낌이었다.
얼토당토않는 논리로 쏘아붙여 대니 그 많던 할 말이 머릿속에서 싹— 지워졌다.
얼굴이 벌겋게 상기되어 말 한마디를 제대로 하지 못하고 있는 가운데 유독 시누이와 같이 우리를 홀대하던 키가 작고 왜소했던 이모가 그 장면을 본 모양이었다. 그러곤 혀를 차며 한마디를 거들었다.

"거기 나연이 엄마야. 내가 방금 들으려고 들은 건 아닌데 좀 심하다.

내 듣자 하니까 부산에서 사니 못사니 하는 사람들을 정이 엄마가 데리고 와서 거둬준 것 같더만 맞제? 동물도 은혜를 갚는다고 하는데 사람이 그라면 못 쓴다.

나연이 내가 봐도 애가 눈치나 슬쩍 보고 그래 하더니만 전화 그거 안 했다는 증거는 또 어디 있노? 설마 고모가 없는 소리 지어내면서 조카한테 그랬을까 봐.

애를 잘 단도리 시켜야지 시누이한테 이래 소리지르는 일은 세상천지에 또 없데이."

체구만큼이나 목소리도 가늘고 앙칼진 그 이모는 나에게 훈수를 뒀다.

또박또박 말을 하는 이모였는데 그 앙칼진 목소리가 귓속에 한마디를 놓치지 않고 꼽혀 들었다.

"지금 뭐라고 하셨어요?"

"와 내가 못할 말을 한 것도 아닌데. 나연이 엄마 사람 순해 보여서 그런 줄 알았더만 한 성깔 하네."

픕-

그 상황에 웃음소리가 터졌다.
소리를 따라 시선을 돌리니 고등학생 조카가 웃음이 터졌다.
손으로 입을 가리며 고개를 시누이 쪽으로 돌리는데도 웃음이 멈추질 않아 보였다. 고개를 지 엄마 어깨에 파묻고 어깨를 들썩거리는데 예의 찾던 사람들은
누구 하나 그 아이에게는 쓴소리 한마디를 하지 않았다.

"아까부터 와 이래 시끄럽노."

굵고 낮은 음성이 순간 상황을 잠시 멈춰 세웠다.
시어머니는 상황 파악을 하려는 듯 잠시 서서 특유의 매서운 눈으로 빠르게 훑었다. 나에게 훈수를 놓던 이모는 머쓱한 듯 자리를 떠나려 했고 낮은 음성이 발을 붙잡았다.

"은숙이 엄마. 남의 가족일에 와 이래 참견질인교?"

"아이. 내가 보니까 며느리가 큰소리를 내고 하길래 한마디 해 준다는 게."

머쓱한 듯 말꼬리를 흐렸다.
그도 그럴 것이 시어머니는 인상도 차갑지만 목소리나 풍겨져 나오는 분위기가
왠만한 사람들이 겁을 먹을 수 있을 정도로 장군같이 무거운 느낌이셨다.
특히 눈매가 호랑이같이 매서웠는데 나조차도 눈은 잘 쳐다보지를 못했을 정도다.

"남의 일에 참견 그만하고 할 일이나 하시소."

키 작은 이모는 건물 안으로 종종걸음을 재촉했다.

"정이 니는 어른들 말하는데 거기 서서 뭐하노?"

"아니 할머니. 그게 아니고 숙모가 갑자기 와 가지고,"

조그마한 입에서 나오는 말을 단박 끊으셨다.

"니도 어른들 하는 일에 끼어 가지고 그래 하는 거 아니다."

"아. 알았어."

무언가 더 할 말이 있어 보였지만 할머니의 불호령에 조카는 툴툴거리며 뒤돌아섰다. 그러고는 나에게 한마디를 던지셨다.

"나연이 애미는 저녁에 내 좀 보자."

"예…"

그렇게 오히려 상처만 듬뿍 받은 채로 끝난 나의 작은 항의였다.
시누이는 내 어깨를 툭 치며 휙 지나갔다.
얼마나 능력 없는 엄마인가 자괴감이 밀려들었다.
아이들 하나 지켜 주지 못해서 온갖 소리를 듣게 하는 것이 엄마로서
자격이 있을까 싶었다. 내 아이들이 차라리 다른 강단 있는 엄마를 만났어도
저렇게 무시당하고 살았을까. 온갖 생각이 머리를 휘저었다.
무거운 걸음을 집 안으로 옮겼다.

아이들을 재우고 집 밖으로 나왔다.
달이 참 밝다. 남편은 아직도 집에 들어오지 않았다. 요즘 회사일

이 바쁘다고 하는 이야기만 간간히 전해 줄 뿐이었다.
밝은 달이 구름 뒤에 숨었다가 얼굴을 반짝 내밀기를 반복하는데 그 옆에 작은 별이 유독 반짝이는 것이 눈에 들어왔다.
엄마가 나를 내려다보고 계시는 것만 같아서 눈물이 울컥 차올랐다.

"엄마."

한숨 가득 섞인 내 목소리에 별이 한 번 더 반짝이는 것같이 보이자 꼭 엄마가 대답을 해 주는 기분이었다. 꾹 참아 보려 했던 오늘 낮에 있었던 일들이 한꺼번에 밀려 올라왔다. 눈물이 얼굴을 뒤덮고 콧물이 범벅이 되어 갔지만 멈출 수가 없었다. 양산에 와서도 누구 하나 기댈 곳이 없는 내 자신이 참 초라하게 느껴졌.
이곳에 와서는 눈물이 마를 날이 없었지만 그렇다고 맘 놓고 울어 본 적도 없었다. 그런데 오늘은 마구 터져 나왔다. 막상 터져 나오면 시원할 줄 알았는데
내 속은 더 엉망진창이 되어 가고 화산처럼 어디 깊은 곳에서 들끓는 것이 느껴졌다.

얼마를 울었을까.
사람의 인기척에 소매자락으로 얼굴을 급히 닦아 냈다.
시어머니였다.

"니 거기서 우나?"

"흠흠. 아니요. 잠시 답답해서 밖에 나와 있었어요."

"따라온나."

앞장서서 걷는 시어머니의 뒤를 따라 걸었다.
불이 꺼진 가게 안으로 들어서자 시어머니의 손끝에서 가게 한 켠에 불이 켜졌다.
작게 켜진 불빛 밑에 마주 앉은 우리 앞에는 병맥주가 올라왔다.
유리컵을 두 개 내오신 어머니는 맥주를 한잔 주셨다.

"니 오늘 서운했제?"

나는 맥주가 가득 담긴 잔을 손가락으로 이리저리 문지르며 고개를 끄덕였다.
맥주잔을 한참 응시하던 중 어머니의 맥주잔이 내 잔을 맑은 소리를 내며 툭 쳤다. 고개를 들어 어머니를 보았다. 매번 무뚝뚝하고 때론 마음에 상처를 주기도 했던 시어머니가 나를 가만히 응시하다 고개를 한번 끄덕이셨다.
나는 맥주를 입에 부었다. 꽤나 씁쓸하면서 탄산이 입안을 굴러다니다 목구멍을 간지럽혔다. 그 쓴맛이 나쁘지 않았다. 한 모금을 더 털어 넣었다.

"나연이 애미야. 내가 새엄마 밑에서 구박만 받고 자랐는 거 니 아나?
엄마가 일찍 돌아가시고 새엄마 밑에서 내 옥수로 맞고 살았다.
근데 호철이 저기 여자를 하나 데리고 왔는데 어째 내 젊을 때를 보는 것 같드노.
이상하게 니한테 마음이 가다가도 청승맞은 것 보면 또 미워지고 그렇데."

나는 어머니 말씀에 아무런 말을 할 수가 없었다.
처음 듣는 어머니의 이야기도 놀랍기도 했고 드넓고 어두운 공간에 적막하게 내려앉은 작은 불빛 아래에 어머니 목소리만 조용히 울려 퍼질 뿐이었다. 담담하게 맥주 한모금을 들이키고는 다시 말씀을 이어 갔다.

"부연이 저기 어릴 때 참 똑똑하니 지 알아서 잘 커 줬는데 내 속으로 낳은 내새끼만 가끔 말을 저래 할 때가 있더라. 오늘 나연이 이야기는 안 그런 거 엄마가 안다. 내를 봐서 마음에서 훌훌 털어 내 삐라. 우애 다 담고 살아가것노."

털어 낸다고 털어질 일이었다면 이렇게 마음이 아팠을까요.
어머니의 말씀에 고개를 끄덕였다.
무거운 공기가 가득한 식당 안에서 거의 처음이다시피 속 깊은 이야기를 많이 나누었다. 항상 단단한 어머니의 모습 뒤에도 나와 비슷한 슬픔이 있다는 것이
새삼 놀랍기도 했다. 같은 비슷한 아픔 속에서도 나와 다른 삶의 길을 걸어오신 걸 보니 무척이나 단단한 사람이라고 느껴질 만큼. 달도 자리를 옮길 무렵 바닥을 긁어 대는 묵직한 의자를 밀고 일어났다.
새벽 공기가 시원했다. 머리위로, 어깨 위로, 가슴 위로 앉은 무거운 무언가를 싹 걷어 가 주는 느낌이었다. 작은 나무로 된 문 앞 신발을 놔 두는 돌담 위에는
작고, 더 작은 두 아이의 신발만 놓여 있었다. 신랑은 오늘도 집에 들어오지 않았다. 감정을 한 입 크게 삼키고 아이들이 있는 우리의 공간으로 들어갔다.

8.

그런 일이 있고 며칠이 지났다. 그동안도 신랑은 전혀 집에 들어오지 않았다.
아이들과 나는 모처럼 조용하고 평범한 일상을 보내고 있었다.

너무 평온한 나머지 착각을 했다. 큰아이와 작은아이가 각각 대회에서 상을 타 왔다. 큰아이는 시에서 주최한 라이온스 글짓기 대회를 처음 나갔다가 차상을 받아 왔다. 처음 나가 보는 대회라 그 전날 긴장을 많이 했었는데 너무 감사하게도 좋은 결과가 나왔고 아이도 내심 뿌듯해하며 자신감을 갖는 듯 보였다. 작은 아이는 유독 그림 그리는 것을 참 좋아했는데 미술 대회에 나가서 보란듯이 상을 타왔다. 어깨를 으쓱하며 내미는 하얀 종이를 보자 힘이 났다. 더 열심히 살아가면서 아이들에게 좋은 울타리가 되어 주고 싶다는 의욕이 샘솟았다.
출근길에 발걸음이 이렇게나 가벼울 일인가?

"어이. 내 좀 보자."

누군가가 내 몸을 거칠게 건드렸다. 물 묻은 손을 앞치마에 대충 쓱 닦고 뒤를 돌아봤다. 며칠 만에 보는 신랑의 얼굴이었다. 잘 먹고 잘 자고 다녔는지 볼에 광택이 났다. 쌍꺼풀 진 눈이 매서운 걸 보니 또 뭔 일이 날 것 같은 예감이 스쳤다. 한순간 찰나에 내가 무슨 모션을 취하기도 전. 성질이 급한 신랑은 발로 내 다리를 툭 걸어 찼다.

"아침부터 무슨 일인데?"

나는 습관적으로 주변을 둘러보았다.
다행히도 사람들은 우리에게 관심이 없었다. 다시 시선을 신랑에게 옮겼다. 허리춤을 한번 훅 털더니 나를 다짜고짜 끌고 밖으로 나갔다.
강한 힘에 끌려 나가느라 신고 있던 슬리퍼가 벗겨져 버렸다.

"아니 아침부터 왜 이러냐고!"

내 멱살을 잡고 있던 손을 강하게 뿌리쳤다.

"니 지금 몰라가 묻나?"

"모른다. 모르니까 묻지. 며칠을 집에 들어오지도 않았으면서 갑자기 왜 이러냐고!"

순간이었다. 뺨이 휙 돌아갔다.
상황 파악을 하기도 전에 뺨이 얼얼하니 열감이 훅 느껴졌다.
돌아간 고개를 다시 신랑에게 옮겼다. 한 대 때려 놓고도 분이 안 풀리는 모양이다.

"니 요 앞전에 누나보고 뭐라캤노? 니 돌았나?"

한순간 시끄러워지는 우리에게 시선이 집중되는 것이 느껴졌다.
쥐구멍이 있다면 거기라도 숨고 싶었다.
그렇지 않아도 나를 무시하는 사람들이 종종 늘어나 자존심 상하는 일이 한두 번이 아닌데 이런 모습까지 보여 주면 나를 얼마나 더 만만하게 볼지 겪어 보지 않아도 눈에 선했다.

"무슨 일인지 알고 내한테 지금 이러나? 그때 형님이 나연이한테 뭐라 했는 줄 알기는 아나?"

"안 그래도 들었다. 애새끼 교육을 어떻게 시키면 쥐만 한 년이 그런 전화를 하노? 넌 애미라는 기 애가 저래 될 때까지 뭐하고 있었노. 그래가 누나한테 소리를 지르고 개지랄을 했드나?"

큰소리가 오가자 시누이랑 시어머니가 밖으로 나와서 우리 쪽으로 오시는 게 보였다. 신랑은 말이 끝나기 무섭게 한번 더 뺨을 후려쳤다.
벌겋게 상기된 뺨 위를 한 대 더 맞고 나니 정말이지 감각이 무뎌지는 것 같았다.
그러고는 발로 내 배를 힘껏 찼다. 순식간에 뺨의 감각이 배로 모여드는 순간이었다. 숨이 훅- 멈춰지고 호흡이 잘 되지 않았다. 그 장면에 시어머니가 헐레벌떡 뛰어오셨고 시누이도 뒤따라 빠른 걸음을 재촉했다.

"호철아. 와 이라노. 그만해라. 사람들 다 본다. 잉? 와 이라노."

만류하는 시어머니를 뒤로하고 신랑은 꼬꾸라져 있는 나에게 한 발자국 더 다가왔다. 습관처럼 몸이 더 웅크려졌다. 그런 나와 신랑을 본 시누이가 신랑을 가로 막듯이 데리고 한 걸음 물러섰다.
"누나요. 비켜 보소. 저거 간이 배 밖으로 튀어나와가 저래 날뛰는데 오늘 한번 눌리 뻬야 된다."

"호철아. 이만하면 누나는 다 괜찮으니까 그만해라. 사람들 다 쳐다본다. 그만하자. 그만해라."

시누이는 씩씩거리고 있는 신랑을 데리고 본채로 데리고 들어갔다. 시어머니는 긴 한숨을 내쉬고는 텃밭에 놓인 큰 돌담에 앉아 담배를 깊게 태우셨다. 단 한번도 담배 태우는 것을 본 적이 없어서 너무 생소한 모습이었다.
배를 맞은 탓인지 숨을 쉬는 것이 처음보다는 괜찮아졌지만 아직 조금 불편했다. 구강호흡으로 몇 번 크게 숨을 들이마셨다가 내쉬었다가를 반복하는데
중산 이모가 다급하게 다가왔다.

"나연이 엄마야. 이게 무슨 일이고. 일어나 봐라. 일어날 수 있겠나?"

중산 이모는 나를 일으켜 몸에 묻은 흙을 털어 내 주었다.
한숨 한 번에 먼지 한 움큼이 공기를 타고 훅 퍼져 나갔다. 항상 조용히 나를 다독이던 이모가 신경질이 났는지 목에 두르고 있던 누런 수건을 바닥으로 내팽개쳤다.

"형님. 형님!"

시어머니를 큰 목소리로 불렀다.

"형님. 이라는 거 아니지예. 며느리가 무슨 이 집에 북인교? 이 집 사람들 참 너무하다. 못해도 사람 취급은 해 줘야 될 꺼 아닙니꺼!"

시어머니는 아무 말씀이 없으셨다. 그러곤 이내 어디론가 자리를 뜨셨다.
쑥덕거리는 사람들을 향해 중산 이모는 소리를 쳤다.

"구경 났나! 뭘 그래 쳐다보고 섰노?"

"엄마야. 지 일이가? 뭘 저래 소리를 질러 샀노? 별꼴이다."

양산의 어느 곳에 자리잡은 햇볕 가득 내리쬐는 이곳은 엉망진창이 되었다.
일을 이 지경까지 만든 장본인은 시댁 집에 들어가서 나오지 않았다.
나는 팔꿈치가 따끔거려 내려다보니 바닥에 쓸리면서 살갗이 까졌는지
피가 베어 나와 있었다. 그 상처 위로 지금의 내모습처럼 흙과 잔돌이 엉겨 붙어
더러워져 있었다. 중산 이모는 나를 데리고 넓은 마당 밖으로 나왔다.
눈이 충혈되어 눈물이 가득 고여 있었다.
그러곤 내 등짝을 툭툭 때리며 눈물을 훔쳤다.

"이런 등신이 또 있나. 응? 와 이라고 사노. 뭐 볼 것이 있다고 여기서 이런 취급당하면서 살고 있노. 나도 시집간 딸이 있다. 내 우리 딸 생각나서 도저히 나연이 엄마가 마음이 아파서 보고 못 있겠다. 친정 엄마 안계시나? 엄마가 이래 사는 거 알면 얼마나 속이 상하시겠노."

중산 이모의 답답함이 나에게 고스란히 전달되어 왔다.
내 손을 꼭 쥐고 이모는 눈물을 몇 번이고 훔쳐 냈다.

"엄마가 안 계세요. 어릴 때 제 밑에 동생 낳다가 돌아가셨어요."

친정 엄마 이야기에 나도 눈물이 울컥 솟아올랐다.
중산이모는 동그란 눈으로 나를 보더니 이내 울먹거리는 목소리로

"아이고. 엄마가 하늘에서 얼마나 마음이 아프시겠노. 아이고."

같은 말을 반복하며 나를 끌어안아 주었다.
친정 엄마가 살아 계셨다면 나를 보며 이렇게 마음 아파하시며 울어 주셨을까.
나를 이렇게 살도록 내버려 두지 않았을 텐데.
중산 이모 품이 꼭 엄마 품같이 따뜻해 벗어날 수가 없었다.

"나연이 엄마야. 내가 남이라 어찌 해라 소리는 못 해 준다. 알제?
그래도 애들이 또래에 비해 철도 들고 엄마를 이해할 끼다.
니부터 살고 봐야 애들도 챙기지 않겠나. 애들은 결국에 엄마 찾아온다드라.
설마 즈그 집 핏줄인데 직이기야 하겠나. 내 딸 같아서 그란다.
니부터 살고 보자."

이모는 한동안 나를 데리고 들풀이 고개를 드밀고 있는 길가에서 이야기를 이어 나갔다.
그때였다.

새초롬한 얼굴을 한 시누이가 보라색 고무 슬리퍼를 발에 끼워 넣으면서 집밖으로 나왔다. 어깨쯤 오는 생머리를 위로 틀어 올린 모습이 어찌나 표독스러운지
얼굴을 보는데 구역질이 올라왔다.
가게 쪽으로 다가간 시누이는 뭐라 말을 하는가 싶더니 무엇을 찾는 듯이 주변을 둘러보았다.
낮은 담벼락 너머 나를 발견하고는 머리 위로 손을 까닥거렸다.

"저. 저. 싸가지 없는."

이내 시누이의 외동딸인 정이도 지 엄마 옆으로 걸어 나왔다.
좋은 구경거리라도 생겼나 싶어 나온 꼴이 지 엄마하고 똑 닮았다.

"봐라. 정이 엄마. 내 며칠 전에 나연이 일에 남의 집 일이다 싶어서 아무 말 안 했는데 좀 심한 거 아니가? 사람을 얼마나 들들 볶아야 직성이 풀리노.
그래가 오늘 사람 저래 맞는 거 보니까 니 속이 좀 풀리나!"

"이모 지금 뭐라 하시는데요? 내가 뭐 올케 잡아 직이라고 종용이라도 했단 말입니까?"

"그럼 그게 아니고 뭐꼬. 초등학생짜리 애한테 이상한 소리를 하

지를 않나.

내가 며느리한테 이러는 거 한두 번 보고 말하는 줄 아나? 니도 딸이 있다이가. 마음을 곱게 써야 니 딸도 나중에 대접받으면서 살 거 아니가. 하늘이 무섭지도 않나?"

"엄마. 중산이모 지금 뭐라 카노? 누가 저래 구질구질하게 살라 한 것도 아닌데 우리 보고 왜 저러노."

싸가지 없이 말하던 조카의 단발 머리카락이 휘어 잡히기까지는 몇 초도 걸리지 않았다. 곧게 세우고 있던 허리가 90도로 꺾어지면서 머리카락을 잡은 손을 떼어 내려 양손으로 힘껏 뜯어 냈다. 소리를 꽥 지르는 그 잠깐의 찰나에 시누이도 같이 엉겨 붙기 시작했다.

중산 이모는 나이나 체구에 비해 양념 가득 든 다라이도 거뜬히 들고 옮길 정도로
힘이 무척이나 셌다.

"이 여자가 미쳤나?"

중산이모와 조카, 그리고 시누이가 떨어져 나갔다. 이모 손에는 검은 털뭉치가 한 움큼 들려 있었다.

털뭉치를 바닥으로 내동댕이 치고는 이런 몰상식한 집에서 더 이상 일을 못 하겠다며 중산이모는 자리를 박차고 나가 버렸다.
조카는 바닥에 앉아 엉엉 울어 대기 시작했고 시누이는 내 어깨를 있는 힘껏 밀쳤다.

"속이 시원하나? 집구석을 이 모양 이 꼴로 만들어 놓으니까 속이 시원하제!"

시끄러운 소리에 시댁에 들어갔던 신랑이 담배를 입에 물며 나왔다.
상황을 탐색하더니 꼴보기가 싫었는지 욕을 낮게 지껄이며 타고 온 트럭 위로 몸을 싣고 또 가 버렸다.
울다가 자리에서 짜증스럽게 박차고 일어난 조카는 내 어깨를 자기 어깨로 확 밀치면서 지나갔다.

"그지 같은 게 울 집에 빌붙어 사는 주제에."

잠깐의 고요함과 평범한 일상은 사치처럼 사라졌다.
신랑은 그렇게 나가고는 또 집에 들어오지 않았다.
쓸린 팔은 벌건 속살을 내보이며 통증이 느껴졌고 차인 배는 멍이 들어 있었다.
아이들이 실컷 놀고 집에 돌아왔고 아무것도 모르는 두 아이는 배

가 고프다며

나를 다그쳤다.

김치에 끓여둔 시래깃국과 몇 가지 반찬으로 이루어진 조촐한 한 상을 차려

아이들을 먹이고 씻기고 재웠다.

오늘 있었던 이야기를 둘이서 신나게 재잘거리는데 오늘은 아이들의 이야기도 귀에 잘 들어오지 않아 대충 웃음으로 대답했다.

자기 직전까지도 둘이서 뭐가 그리 즐거운지 꺄르르 웃다 잠이 든 아이들을

조용히 쓰다듬었다. 엄마의 손길이 좋았는지 작은 딸아이는 내게 좀더 안겼다.

창문 너머로 타닥타닥 빗소리가 들려왔다.

중산이모의 말, 조카의 말, 그 외 사람들의 말이 머릿속을 어지럽게 돌았다.

그리고 딸아이의 얼굴을 가만히 내려다보았다.

'아- 살고 싶다. 사람처럼 살고 싶다.'

억눌린 감정 때문이었을까.

나는 자리에서 일어나 밖으로 나섰다.

챙길 짐도 없이 무작정 밖으로 나와 어둠 속에 노란 가로등 불빛이 내려 깔린 거리를 뛰고 또 뛰었다. 조금만 더 뛰면 정류장이 나

온다. 거기까지만 가면 된다. 그럼 난 살 수 있다. 그런 심정으로 빗속을 무작정 뛰었다.

빠르게 달리던 발이 점차 느려지며 속도를 줄였다. 한 발자국이 덧없이 무거웠다.

잠시간을 빗속에 가만히 서 있는데 빗 속을 뚫고 버스 한 대가 보였다.

저 버스를 타게 된다면 이 지옥에서 벗어날 수 있겠지?

버스는 곧 내 앞에 멈춰 섰다.

"아지메! 탈 낀교?"

"아…아니요."

버스기사님은 옆으로 삐그덕 열리는 문을 다시 닫고는 빗속으로 빠르게 사라졌다.

황망히 아까보다 짙게 내려앉은 거리에 나는 주저앉았다.

빗방울은 더욱 거세게 내 온몸으로 곤두박질을 쳤다.

나는 비명을 질렀다. 터져 나오는 비명 소리에 내 목이 버티질 못할 정도로 소리를 질러 댔다.

목에서 피 맛이 비릿하게 느껴졌다. 울분이 터져 나오니 멈추기가 쉽지 않았다.

정확히는 오히려 멈추고 싶지 않았던 것 같다. 동네를 다 깨울만큼 큰 내 비명 소리도 시끄러운 빗소리에 묻혔다. 억수같이 쏟아붓는 빗물에 나처럼 내 울분도 멀리 가지 못한다.

"으아아아아아악"

홀딱 젖은 머리칼을 한없이 쥐어 뜯었다. 목 늘어난 티셔츠도 뜯고 내 온몸을 마구 쥐어 뜯었다.
입에선 침인지 빗물인지 모를 물이 마구 허공에 튀어나왔다. 물웅덩이를 손과 발로 마구 내리쳤다. 마치 5살짜리 떼쓰는 아이가 된 것만 같았다. 울분에 나도 내 몸을 마음대로 주체할 수 없었다. 홀딱 젖어 빗물에 범벅이 된 한 마리의 들짐승처럼 울부짖었다.
누군가가 봤다면 아마 나를 정신병원으로 이송하지 않았을까 싶다.
비 오는 늦은 밤 저녁에 도로에 앉아 미친듯이 울부짖는 여자라니. 나 같아도 지나가다 이런 장면을 봤으면 섬뜩했을 것 같다.
이런 상황에 놓인 내 자신이. 이런 상황에 내 분신과도 같은 불쌍한 내 아이를 버리려 했던 나를.
나를 이렇게 만들어 버린 상황과 신랑, 그리고 시댁 식구들.
모든 것이 원망스러웠다.
한참을 몸부림치던 내가 서서히 정신이 들었다. 온 세상이 어두운데도 불구하고 가로등 밑은 하얀 연기가 일듯 빗물이 바닥을 내리꽂고 튀기를 반복 중이었다.

'내가 나 혼자 살려고 저 어린것들을 놔 두고 왔구나.'

고요해졌다.
나만 조용하니 세상이 고요하다. 한참을 앉아서 멍하게 가로등이 비추고 있는 거리를 바라봤다.
악을 쓰느라 기운이 다 빠져 버린 팔다리를 일으켜 세웠다.
터덜터덜 집으로 돌아가는 발걸음도 무척이나 무거웠다. 그래도 걷고 또 걸었다.
내 예쁜 천사들이 있는 곳으로 되돌아가야 하기 때문에.
축축히 젖은 발을 방 안으로 들였다.
빗물이 후두둑 바닥으로 떨어졌다. 어두운 공간에서 두 아이의 새근거리는 숨소리만 들렸다.
잠시만. 아주 잠시만 있다가 옷을 갈아입자.
젖은 몸을 부엌 한 켠에 뉘이고 아이들이 보이는 쪽으로 새우자세를 잡았다.
머리카락에서 흐르는 물이 눈을 타고 바닥으로 툭 툭 무심하게 떨어졌다.

"어머니. 저 아이들 데리고 친정에 다녀오겠습니다."

"오야. 그리 하거라."

왜인지 이유도 묻지 않고 어머니는 나를 친정으로 보내 주었다.
검은 가방을 하나 들쳐 메고 아이들을 양손에 잡고 버스를 기다렸다.
아이들도 오랜만에 하는 나들이라 신이 잔뜩 났다.
학교 가방에 자기가 좋아하는 다이어리. 책. 장난감을 넣은 아이들은 가방이 꽤나 무거워 보이는데도 불구하고 폴짝폴짝 잘만 뛰었다.
큰아이가 이리 뛰면 작은아이도 이리 뛰고 꼭 리모컨처럼 똑같이 흉내를 내었다.
예전에 동네 축제에서 사 줬던 티셔츠가 눈에 들어왔다.
노란색이었던 티셔츠는 색이 빠져 많이 낡아 있었다.

'언니 집에 도착하면 시장 가서 애들 티셔츠나 한 장씩 사 입혀야겠다.'

그러면서도 머릿속에는 돈 계산이 빠르게 굴러갔다.
에잇. 내가 좀 덜 먹고 덜 입지 뭐!
어제저녁 빗속을 뚫고 오던 버스가 오늘은 바람을 뚫고 우리에게로 빠르게 달려오고 있다.
차마 어제 발을 올려 보지 못한 버스 위로 오늘 두 아이와 함께 한 발자국 올려 본다.
아이들은 재빨리 자기들이 마음에 드는 자리를 골라 앉았다.

큰아이는 혼자 앉아 가고 싶어 했다.

"엄마 나는 많이 컸잖아요? 그러니까 혼자 가는 척해 볼게!
버스에서 아는 척하면 안 돼."

"그래 그래. 알았어."

어린아이를 보는데 웃음이 흘러나왔다.
누가 봐도 넌 내 딸인데 말이야.
한참을 달려 도착한 언니네. 큰언니는 우리를 아주 반갑게 맞이해 주었다.
오랜만에 보는 조카들도 키가 훌쩍 자라 처녀 총각이 되어 있었다.
조용하고 인자한 형부도 우리를 맞이해 주셨다.
크진 않지만 거실도 있는 언니네로 들어가 가방을 내려 놓았다.

"보자 보자. 나연이 나은이 이모 집 온다고 배 많이 고팠제?"

"응 이모. 밥 줘~~~~!"

시댁에서는 볼 수 없는 장난기 넘치는 아이들의 모습이었다.
예전부터 큰언니를 유독 잘 따르고 그런 아이들을 예뻐라 하는 언니는 서로 잘 맞았다.

오랜만에 누가 차려 주는 밥을 기다리며 잠시 바닥에 누웠는데 딱딱한 바닥이 꼭 푹신한 이불마냥 너무 편안해서 잠이 솔솔 왔다. 언니는 거실로 상을 들고 나왔다. 아이들이 음식 먹는 소리와 함께 나는 잠이 스르르 들었다.

얼마를 잠이 들었을까. 요즘 불면증에 잠을 통 자지 못했는데 한참을 잔 듯했다.

아이들은 조카들이 데리고 놀러 나갔는지 조용한 집에 언니는 바닥을 닦고 있었다.

"좀 더 자지. 벌써 일어났네."

"응 많이 잤다. 요즘 통 잠을 못 잤는데 너무 푹 잤다 언니야."

"니 보니까 얼굴에 살이 쏙 빠졌드라. 시댁에서 무슨 일 있었나?"

"아니 그런 건 아니고-"

나는 화젯거리를 바꿨다.

"나도 밥 좀 주라 언니야."

씩 웃어 보였다.

언니는 더 이상 묻지 않았다. 무릎을 딛고 일어나며 밥을 차리러 나갔다.

오늘부터 며칠간 계획 없이 언니 집에 머무를 예정이다. 나의 작은 반항이었다.

당분간 시누이나 조카의 얼굴도 보기 싫었을뿐더러 같이 일하는 이모님들도 마주치고 싶지 않았다. 나는 정말 마음 편하게 언니 집에서 며칠을 머물렀다.

언니는 내가 있는 동안 불편하게 캐묻지 않았고 그저 오랜만에 본 야윈 동생과 조카들을 살뜰히 챙겨 주었다.

며칠의 반항이 끝나고 집으로 돌아가는 시간이 왔다.

아이들은 이모, 이모부, 그리고 사촌 언니와 오빠들에게 인사를 했다.

언니는 내 손을 꼭 쥐고 두 번 토닥거렸다.

아무 말을 하지 않아도 다 알 것만 같았다. 자매란 그런 것이 아닐까 싶다.

"처제. 가면서 애들하고 맛있는 것 먹고 들어가."

형부가 꼬깃한 지폐를 주머니에 찔러 넣어 주셨다.

한사코 아니라고 거부했지만 형부를 이겨 먹을 수가 없었다.

마음만은 든든하게 언니 집을 나섰다.

"언니야 또 올게! 형부 저 또 올게요!"

최대한 밝게 인사를 했다. 언니 부부도 손을 흔들어 주었다.
양손에 아이들의 손을 잡고 나는 다시 버스로 향했다.
물론 언니 집에 지내면서 아이들에게 예쁜 티셔츠도 한 장씩 새로 사 입혔다.
아이들은 오랜만에 새 옷을 입어서 그런지 상당히 기분이 들떠 보였다.
큰아이는 집으로 돌아가는 버스 안에서도 자기를 아는 척하지 말라 부탁했다.
어느덧 버스는 집 앞까지 다다랐다. 뻥 뚫린 가슴팍이 다시 답답해짐이 느껴졌다.
내일부터는 다시 악몽 같은 시간이 펼쳐지겠구나.
우리는 버스에서 내렸다.

가게 마당으로 들어섰고 웬일인지 싫은 소리를 할 것 같았던 시누이가 본체만체 지나갔다.
며칠이나 자리를 비우고 말없이 친정을 다녀왔으면 평소에는 막말을 퍼부어도 모자를 반응일 텐데 의외로 너무 잠잠히 지나갔다.
거의 무시하듯 지나가긴 했지만.

그러거나 말거나 나도 모르겠다 싶은 마음에 아이들을 데리고 집으로 들어갔다.
그리고 며칠 후에 우리 집에 초록색 빛을 띄는 예쁜 집전화기가 생겼다.

아이들이 여름방학을 맞이했다.
가게 일은 그동안 근처에 공사 현장이 생기는 바람에 더욱 바빠졌다.
7명이 분주히 움직여도 일손이 턱없이 부족했다.
요즘 키 작은 이모는 나에게 전혀 말을 하지 않는다. 정확히는 어느 순간부터 무시하며 막말하는 것이 줄어들었다. 나는 하나하나 대응하지 않기로 마음을 먹었다. 그런 감정에 에너지를 쏟기에는 내 자신이 너무 버겁다는 것을 느꼈다. 그래서 무작정 바쁘게 살았다. 가게가 분주한 와중에도 아이들을 챙기며 하루 하루 열심히 살아 냈다. 물론 신랑은 있는 둥 없는 둥 했지만.
돈을 모았다.
금액은 작지만 신랑이 전혀 돈을 주고 있지 않는 상황이라 허리띠를 졸라매고 내가 번 월급으로 생활비와 저금을 꼼꼼히 분배해 생활해 나갔다.
아이들에게는 하고 싶은 것, 갖고 싶은 것을 다 해 주지 못해 죄스러운 마음도 들었지만 집도 마련하고 빨리 엄마가 자리 잡는 것이 아이들에게 더 좋은 일이라 생각했기 때문이다.
힘들고 궂은 날에도 아이들을 재워 두고 통장을 펼쳐 보면 그게 그렇게 힘이 되었다.
나의 피, 땀, 눈물이 이곳에 고스란히 저장되어 증명하는 듯 느껴졌다.

가을 바람이 물씬 풍겨 오는 계절이 왔다.
계절이 바뀌면서 작은언니가 운영하던 문구점이 폐업을 하게 되었다.
언니는 아이들이 쓸 만한 공책이나 연필 등 물품을 택배로 많이 보내 주었다.
특히 다이어리를 좋아했던 큰아이는 물건을 골라 구경하는 재미에 흠뻑 빠졌다.
마당 언저리에 아이들이 찰흙을 들고 나와서 놀고 있는 모습이 보였다.
손님들을 마구 쳐내며 분주히 움직이는 때에 식당 안으로 아이의 울음소리가 들렸다.
놀라서 보니 문입구에 서서 큰아이가 엄마를 찾고 있었다.

"나은아 왜 그러노!"

아이에게로 다가가 물었다.
아이는 울음이 쉽게 그쳐지지 않는 듯 말을 제대로 하지 못했다. 손님들도 쳐다보고 하기에 아이를 데리고 자리를 옮겨 달랬다. 시간이 조금 지나자 아이가 안정을 찾기 시작했다. 둘째 딸은 그런 언니 옆에서 어찌할 줄 모르고 보고 서있었다.

"엄마 정이 언니야가 때렸다."

"어디를? 왜?"

"찰흙 가지고 논다고 때렸다."

"무슨 소리고?"

"물건 막 산다고 언니가 머리하고 등을 파리채로 때렸다."

기가 막혔다. 앞전부터 간간이 애들 공부를 가르쳐 준답시고 데려가서 여기저기 쥐어박는 것은 알고 있었는데 아이들이 가볍게 이야기하길래 이런 식으로 심하게 때린 줄은 몰랐다.
나는 하던 일도 멈추고 시댁 본채로 향했다. 조카는 할머니 방에 드러누워 티비를 시청 중이었다. 고개만 휙 들어 내가 온 것을 보고도 본체만체하며 티비에 집중하는 모습이었다.

"정이 니 숙모 좀 보자."

"아 왜?"

짜증이 잔뜩 묻은 대답이었다.

"니 나연이하고 나은이 때렸나?"

"아니 애들이 돈을 너무 막 쓰는 것 같아서 내가 가르쳐 줬지. 그걸 때렸다고 하드나?"

"그게 가르쳐 주는 거가. 그리고 엄마가 된다고 했는데 왜 그걸 니가 애들을 때리고 그라노?"

"아씨 짜증나게 진짜. 그럼 숙모가 애들 교육을 똑바로 시키든가. 애들이 다이어리며 뭐며 엄청 들고 다니던데 그게 다 삼촌이 벌어 준 돈가지고 낭비하는 것 아니가? 돈 없어서 우리 집에서 얹혀 살면 숙모도 돈 좀 아껴라. 이런 소리 듣기 싫으면 울 집에서 나가든가."

"뭐, 뭐라고?"

어이가 없었다. 아무리 싸가지가 없다 해도 애 입에서 저게 어른 한테 할 소리인가 싶었다.

한마디를 더 거들기도 전에 온갖 짜증을 내며 나를 문밖으로 밀치고 문을 쾅 닫고 들어가 버렸다.

문을 열어보려 해도 꽉 잠긴 문은 열리지 않았다.

가슴팍을 있는 힘껏 내리치며 뒤돌아서서 나오는데 시어머니를 마주쳤다.

어머니는 아무 말 않고 조카가 있는 방으로 향했다.

문을 두드리니 안에서 짜증스런 소리가 크게 들렸다.

"아 왜!!!!"

문을 확 박차고 나오던 조카는 할머니를 보자 주춤거렸다.

"정이 니 지금 이게 뭐하는 짓이고?"

"할머니. 그게 아니고. 숙모가 유난을 떨어서…"

"이 무슨 말이고!! 가스나가 예쁘다 예쁘다 해 주니까 니는 위아래도 없나? 어?"

조카는 망부석처럼 서서 고개를 푹 숙이고 자신의 애꿎은 발가락만 괴롭혔다. 시어머니의 계속되는 호통에 엄지 발가락이 빨갛게 변하고 나서야 떨어지지 않는 발을 무겁게 세 발자국 옮겨 걸어 나왔다. 온몸으로 싫음을 표현함에도 툭 튀어나온 입에선 작은 목소리가 새어 나왔다.

들리지도 않을 만큼 작은 소리에 큰 의미도 없었던 나는 뒤 돌아섰다.

마음 같아선 등짝이라도 한 대 때려 주고 싶었으나 차마 손이 올라가지 않았다.

내 뒤로 어머니의 목소리와 조카의 목소리가 점점 작아졌다.

방으로 돌아와 아이의 윗옷을 들춰 보았다.

줄이 쫙쫙 나 있는 등은 부어올라 파리채 손잡이 모양을 만들고 있었다.

선반 위에 올려진 파스 통을 들고 와 손바닥에 탁탁 내리쳤다.

거의 다 썼는지 바람 새는 소리를 내뿜으며 흰색의 액체를 손바닥 위에 흩뿌리듯 나왔다.

양손을 비벼 아이에 등에 살살 어루만지듯 발랐다.

따가운 듯 혹은 뜨거운 듯 아이는 간혹 꿈질거렸다.

그날 저녁 시간에 방문이 쿵쿵 울렸다.

삐그덕대는 문을 열어 보니 그 앞엔 시어머니가 서 계셨다.

한 손에 들린 접시 위에는 고등어 두 마리가 보기 좋게 구워져 있었다.
맛있는 짠내가 훅 올라왔다.

"어머니가 드시지 않고예?"

"아직 저녁 전이제? 애들하고 먹어라."

건네받은 건 고등어 두 마리였는데 무언가 큰 걸 받은 느낌이었다.
항상 별 말씀도 없으시고 부산에 살 적에는 원망스럽기까지 한 어머니였는데
그분 또한 내 다른 어머니였음을.
접시 위에 그 마음을 받은 것 같다.

세월은 무심히도 나를 끌어안아 주지 않았고
몇 년에 걸쳐 내 회색빛 삶은 빗물이 옷깃이 젖어들 듯 존재 그 자체로 스며들어 갔다. 그 안에서 행복을 찾기도 하고 불행을 마주하기도 했다.
반복되던 한 해 한 해가 부단히도 지나갔다.

꽃이 피는 봄이 왔다.

나는 시댁과 조금 떨어진 곳에 방이 두 칸 있는 집을 한 채 마련했다.

이제는 훌쩍 자라나 버린 아이들 손을 꼭 쥐고 집을 보러 갔다.

가는 길엔 흙 길이 길게 이어져 있고 그 옆으론 작은 꽃들이 만발해 있었다.

어린 시절 엄마와 걷던 철길이 문득 떠올랐다.

골목길을 걸어 들어가니 제일 안쪽에 초록색 대문이 보였다.

아이들은 우리 집이 생겼다고 먼저 한걸음에 뛰어가서

철 소리가 끼-익 나는 대문을 열었다.

마당이 있고 화단이 있는 작은 집이다. 해가 잘 드는 집 마당에 선 나는

아이들 몰래 눈물을 훔쳤다.

이 힘듦을 보상 받은 듯.

운명도 거부한 나를 햇살이 온 마음을 다해 나를 포근히 안아 주는 듯했다.

마당을 뛰며 깔깔 웃는 아이들이 꼭 사진처럼 한 장 한 장씩 마음에 내려앉았다.

신랑도 아이들을 데리고 방문을 열어 보이며 아이들과 대화를 나누고 있다.

"언니야 우리 강아지 키우고 싶다. 그치?"

"응! 강아지 이름은 복실이로 정하자."

"그럼 복실이 집은 어디에 놔 두지?"

아이들은 강아지를 데려다 키우자고 들떠서 입을 가만히 두질 않았다.
마치 그 모습이 중학생과 초등학생이라고 하기보다는 내 눈엔 그저 7살짜리 꼬맹이로 보였다.
그 모습을 한참 바라보고 섰는데 신랑이 다가와 옆에 섰다.
가죽만 붙어 있는 듯한 손을 쥐고는 손등을 토닥였다.

"고생 많았다. 앞으로 애들 데리고 잘 살아 보자."

나란히 선 엄마아빠의 모습이 좋았는지 둘째 딸아이가 함박웃음을 짓고 달려왔다.
힘껏 안겨 몸이 뒤로 밀렸다. 눈에 행복이 가득 담긴 아이들을 꼭 안아 주었다.

"아빠 우리 강아지 키우면 안 돼?"

"안 되는 게 어딨노. 아빠가 한 마리 데리고 올게."
동물을 그리 좋아하지 않던 신랑이 흔쾌히 아이에게 대답했다.

"아빠 그럼 우리 복실이 집도 만들어 주자!"

"그래. 같이 만들어 보자."

유난히 평범하고 평범한 나의 하루 해가 저물어 간다.

9.

오늘은 아버지가 집에 오시는 날이다.
며칠 전 집으로 전화가 한 통 왔다. 생각 없이 받은 전화기 너머로 참 보고 싶은 우리 아버지 목소리가 흘러나왔다. 오랜만에 듣는 아버지 목소리에 너무 반가운 나머지 목소리에 삑사리가 나기도 했다.
큰언니와 작은언니까지 아버지를 모시고 오는데 그 두어 시간이 설레기 짝이 없었다.
이렇게 다같이 모이는 것은 언니들이 집을 나간 이후로 거의 처음이었다.
나는 먼지 묻은 거울을 소매로 쓱 닦아 내고서는 모습을 한번 더 단장했다.
비록 비싼 옷은 아니지만 옷장에서 제일 깨끗한 옷을 꺼내 입고 머리도 빗질을 단단히 했다.

꼭 조선시대의 여자마냥 머리가 너무 단정해져서 오히려 웃음이 날 지경이었다.

아이들 입힐 옷도 꺼내 두고 집 안도 한번 더 둘러보며 괜히 두 번 세 번 손을 갖다 대었다.

시간이 얼마나 지났을까. 기다림의 무게만큼 시간이 더디게 흘러갔다.

대문 너머로 차가 들어오는 소리가 들렸다.

버선발로 마중 나가 끼-익 소리를 내는 철문을 활짝 열어 젖혔다.

검은 바퀴에 의해 먼지가 흩날렸다.

먼지가 가라앉기도 전에 차문이 열렸다. 언니들이 먼저 내리고 뒤이어

조수석 문이 열리면서 아버지의 머리카락이 먼저 눈에 들어왔다.

"아버지!"

형부도 반갑게 인사를 건넸다. 언니들은 트렁크에서 바리바리 싸온 짐을 하나 둘 꺼내고 아버지는 나에게로 천천히 걸어오셨다. 눈가에 주름이 더 짙어진 아버지는 나를 향해 함박 웃음을 지었다.

"미숙이 잘 지냈나?"

서로의 등을 토닥이며 활짝 열려진 대문 너머 나의 공간으로 아버지를 모시고 들어갔다.

아버지는 마당에 들어서시면서 주변을 둘러보는 듯했다.

고개를 한번 끄덕이시고는 깔끔하게 닦인 신발을 벗고 집안으로 들어오셨다.

언니들은 잠시 앉아 쉴 틈도 없이 능숙하게 주방에 자리를 잡더니 검은 봉지를 꺼내 올려 두었고 곧이어 가스레인지에 불이 켜졌다.

나는 아버지 옆에 앉아 아버지와 형부랑 안부를 주고받았다.

그러다 시선이 머문 곳엔 든든한 언니들의 뒷모습이었다.

늘 허전한 주방이 오늘은 왜 이렇게 아기자기한지 괜시리 웃음이 한 번 터졌다.

챙- 소리를 내는 양철 밥상을 가운데에 놓고 음식들이 올라왔다.

회에 매운탕까지 한상 푸짐히 차려지고 있었다.

아이들은 외할아버지를 잘 뵙지 못하다 보니 어색해했다.

그래도 옆에 앉아서 조용히 밥을 먹었다. 그런 아이들 숟가락 위로 반찬을 하나씩 올려 주시는 아버지를 보고 있으니 마음이 찡해 왔다.

까칠한 탄산을 머금은 맥주가 투명잔으로 콸콸 부어지고 있다.

작은 언니는 술을 잘 마시다 보니 한잔을 거뜬히 비워 냈다.

큰언니는 주방을 왔다 갔다 하며 매우 분주해 보였다.

시끌벅적한 이 시간이 느리게. 느리게 흘러갔으면 좋겠다고 생각했다.

시간이 많이 흐르면서 휑하던 마당에는 텃밭이 생겼다.
토마토와 상추 등 아이들과 같이 심은 것들이 싹을 틔웠다.
작은 평상도 하나 들였다. 저녁에 가족끼리 모여 앉아 고기를 구워 먹기도 했다.
갈색의 진돗개 복실이는 짧은 다리로 마당 구석구석을 탐험하듯 다녔다.
요즘은 시누이를 잘 만나지 않으니 스트레스 받는 일도 줄어들었고 신랑도 착실히 일을 나가 월급을 꼬박꼬박 가져다주었다.

제일 많이 달라진 건 나였다.
병원을 다니기 시작했다.

"선생님 제가 언제부터인가 숨이 잘 쉬어지지 않고 심장 뛰는 소리가 들리는 것 같은데 혹시 어디가 많이 안 좋을까예…?"

"일단 검사부터 해 보입시더."

서글한 인상의 중후한 의사선생님은 간호사를 불렀고 나는 간호사를 따라
검사실로 들어갔다.

엑스레이 사진을 찍고 심장 초음파를 하고 피도 뽑았다.
한참을 앉아 있었더니 내 이름을 불렀고 손바닥에 땀을 옷에 대충 닦으며 진료실로 들어갔다.
의사는 한참 모니터를 들여다보더니 의자를 돌려 나를 보고 앉아 이야기를 이어 나갔다.

"스트레스 받을 일이 있었어요?"

"네. 좀 받기는 했는데…"

"화병이라고 압니까?"

"예."
"화병이라. 심장이 부어 있는데 이게 계속되고 심하면 터질 수도 있어요. 옛~날 엄마들이 많이 걸린 기라."

"그라면 어째야 됩니까. 애들도 아직…"

"약을 일단 먹어 봅시다. 그리고 어디라도 내 이야기를 좀 하이소."

병원에 다녀오고 시간이 지나면서 숨이 안 쉬어지고 심장이 터질 듯 쿵쾅대는 것이 작은 알약 몇 알에 증상이 호전되기 시작했다. 저녁에 잠이 들기 시작했고 일상생활이 한결 나아져 삶의 질이 높아진 것 같았다.

그리고 동네 친구가 생겼다.

앞전에는 일만 죽어라 한 탓에 주변을 돌아볼 여력이 없었는데 옆집에

나와 나이대가 비슷한 윤이 엄마와 친해졌다.

유복한 가정에서 사랑받고 자란 티가 물씬 나는 윤이 엄마는 하얀 피부에 항상 올림머리를 하고 있었는데 모나지 않고 좋은 사람이었다. 낮에 마주친 시누이가 나를 대하는 태도를 보고 저녁에 맥주를 들고 우리 집 대문으로 고개를 빼꼼 내밀며 수줍게 들어왔다.

우리는 평상에 앉아 멸치에 고추장을 상 위에 올려 놓고 이런 저런 살아가는 이야기를 나누었다.

저나 나나 술을 잘 못하기에 맥주 몇 잔에 얼굴이 금세 불그스름해졌다.

"오늘 본 사람이 니 시누이가?"

"응. 남사시러운 꼴을 보여가 미안하데이."

"니가 미안할 것이 뭐가 있노! 니 그런 대접받고 뭐 한다고 참고 있노?"

"그럼 뭐 이혼이라도 할 끼가."

괜히 맥주를 한 모금 들이켰다.
윤이 엄마는 그런 나를 빤히 쳐다보더니 도톰한 입술을 열었다.

"이 봐라. 나연이 엄마야. 요즘 시대가 어떤 시대인데. 며느리 그리 대하는 사람도 없데이. 고마 내가 승질이 다 나더만!"

속이 상한다는 듯 윤이 엄마는 맥주를 한 모금 거칠게 마시고는 잔을 탁 내려놓았다.

"그라면 나연이 아빠는 이러는 거 보고 그냥 있드나?"

나는 대답 대신 그냥 웃어 보였다.

"힘든 것 있으면 내한테 말해래이. 참지 말고 좀!"

"아이고 알았습니데이."

저녁 달은 묵묵히 우리를 밝혀 주고 시간도 고요히 흘렀다.
우리의 수다가 가득 메워지는 공간에서

누군가에게 내 이야기를 한다는 것이 어려운 나이지만 오늘 저녁은 위로받는 시간이었다.

집 전화기가 요란히도 울린다.
수화기 너머로 언니의 울음 섞인 목소리가 들려왔다.

"언니야 와 그라노?"

"미숙아… 아부지가…"
언니는 말을 다 잇지도 못하고 하염없이 울었다.
듣지 않아도 아버지에게 무슨 일이 생긴 것을 직감했다.
마음이 다급해져 울고 있는 언니를 재촉했다.

"뭔데 그라노. 아부지가 왜? 울지 말고 말을 해 봐라."

"아부지가… 폐암이란다…"

심장이 쿵 내려앉았다.
얼마 전에 뵀을 때만 해도 편찮으신 걸 못 느꼈는데 내가 너무 아둔했나 싶다.
언니는 울음을 삼키고 말을 이어 나갔다.

"우리 보내고 많이 힘드셨는가 보더라. 술 담배를 많이 하셨다 하데.
니 보고 싶다고 양산에 가자 하실 때 내가 알아봤어야 하는 건데…
집에 돌아오면서 아부지가 니 걱정 많이 하셨다.
우리 미숙이 왜 이리 말랐냐고. 미숙이 얼굴에 근심이 보인다고.
아부지 폐암이란다… 우리 아부지 불쌍해서 어쩌노. 어쩌노 미숙아…"

심장이 쿵쾅거리고 눈물이 순간 가득 고여 두 뺨 위로 쉴 틈 없이 흘러내렸다.
커 오는 동안. 그리고 살아가는 동안 늘 떨어져 지내면서 아버지를 많이 볼 수 없었던 우리 세 자매는 비록 다른 공간에 있지만 한 마음으로 통곡을 했다.

아이들을 시어머니께 맡기고 부산으로 향했다.
상황이 많이 안 좋아지셔서 입원을 하셨다. 평소에 잘 타지 않던 택시를 급하게 불러 세우고 빨리 가달라 재촉했다.
가는 길 내도록 택시에서 얼마나 울었는지 모른다.

아버지가 오셨을 때 울 아버지 마음이 아프게 돌아가시지 않도록 조금 더 좋은 모습을 보여 드렸어야 했는데.

아버지 오셨을 때 맛있는 음식을 더 많이 대접해 드릴걸.
많은 후회가 머릿속을 어지럽히고 가슴을 후벼 팠다.

병실 문을 열었다.
창가 쪽에 누워 계신 아버지가 보였다. 오랜만에 뵌 아버지는 병원복을 입고 침대에 누워 계셨다. 저번에 뵈었을 때보다 더 야위고 피부색도 어두워져 지나가는 사람이 보아도 아픈 사람인 걸 단박 눈치챌 만큼 아버지는 많이 안 좋아 보였다.

"아부지… 미숙이 왔어요."

자리를 지키고 있던 두 언니는 얼마나 울었는지 눈가가 빨갛게 달아올라 있었고
얼굴이 많이 수척해져 있었다.
나를 보더니 빨간 눈가에 눈물이 차올랐다.

"미숙이 왔나?"

"아부지 많이 아프시지요."

나를 향해 뻗는 손을 꼭 잡았다.

진작 알아보지 못한 것이 원망스러웠다. 아버지를 오랜만에 본다는 기쁨에
알아차리지 못했을 뿐 다시 뵌 아버지는 피부가 상당히 거칠어져 있었다.
폐암이 많이 진행되어 병원에서도 손을 쓸 수 없을 지경에 다다라
고통이 심하실 텐 데도 나를 보고 미소를 지어 보이는 아버지 모습에 꼭 잡은 손에 얼굴을 파묻고 어린아이처럼 목놓아 울어 버렸다.
그런 마음을 아는 듯 아버지는 내 손을 더 꼭 쥐었다.

해가 저물어 갈 즈음 아버지는 잠에 드셨다.
얼마 지나지 않아 새어머니와 승서, 진애가 병실을 들어왔다.
들어올 때부터 심드렁한 표정의 새어머니는 예나 지금이나 변한 것이 하나도 없어 보였다. 우리 자매를 보자마자 미간을 찌푸리며 비키라는 듯 나를 툭툭 밀치고 병원 침대 쪽으로 가까이 다가갔다.
그 뒤를 따라오는 승서와 진애도 새어머니와 마찬가지로
우리는 보이지 않는 것마냥 스쳐 지나가며 눈길 한 번 주지 않았다.
승서는 잠이 든 아버지 이불을 한번 정리하듯 털어 내더니 그제서야 우리에게 시선을 멈췄다.

"누나들 이제 그만 집에 가라. 아버지는 우리가 알아서 챙길게."

그 말에 동조하듯 새어머니는 보호자 의자에 앉아 팔짱을 끼고 맨목을 연신 긁어 댔다.

'흠. 흠.'

거칠어진 아버지와 달리 그들의 피부는 매우 윤기가 났다.
큰언니는 내 옷깃을 잡아당기며 나가자고 눈치를 주었고 이불 덮인 아버지의 발을 한 번 쓸어내리며 말을 꺼냈다.

"아부지 우리 또 올게요. 아프시면 간호사한테 주사 꼭 놔 달라 하시고…
미숙이랑 늠이랑 다시 올게요."

언니도 발걸음이 떨어지지 않는지 몇 번이고 아버지의 다리를 쓸어내렸다.
그것조차 꼴보기가 싫었던 건지 새어머니가 립스틱을 칠해 논 입을 열었다.

"그만하고 돌아가거라. 승서 진애가 아부지 옆 지킬 거니 이제 오지 않아도 된다."

예전엔 아버지 앞에선 그래도 우리에게 이렇게까지 굴지 않았던 새어머니는 이제 거칠 것이 없다는 듯 하고 싶은 말을 뱉어 냈다.
동네에서 순하기로 유명한 큰언니는 아픈 아버지 병실에서 큰소리 나는 것이 싫어 돌아가려다가 순간 발걸음을 멈췄다.
그 모습을 본 새어머니는 바로 말을 이어 갔다.

"아버지 주무신다. 시끄럽게 굴지 말고 병원에 다신 오지 말어라."

냉정한 어투 속에 담긴 진심이었다.
눈길 한 번 주지 않고 냉정하게 돌아선 뒷모습에 우리 자매를 반겨 줄 이는 존재하지 않았다는 것을 다시 한번 느꼈고 나는 언니의 손을 잡았다.
그때 둘째 언니가 화를 참지 못하고 입을 열었다.

"언니 니는 우리가 뭐 잘못했다고 쫓겨나듯 나가는데?"

"늠아. 아부지 주무신다."

"즈그만 자식이가. 예나 지금이나 하나 변한 게 없네. 승서 니도 누나들 보고
그 따위로 하는 것 아니다. 니만 아부지 자식이가? 어?"

예전부터 셋 중 가장 성격이 강했던 작은 언니는 이 일을 참지 않을 생각인 것 같았다. 어릴 때는 힘이 없어, 어려서 못했던 것뿐이지 이제는 아닐 테니.
승서와 작은언니의 목소리가 점점 커지기 시작했다.
새어머니는 의자에 앉아 진애를 붙들고 '아이고, 아이고' 앓는 소리를 냈다.

"보소. 우리도 아버지 자식이고 마지막까지 아버지 옆에 있을 자격 있습니다.
두 번 다시 오지 말란 소리하면 그때는 이래 말로 안 끝납니다.
승서 진애 느그도 똑바로 들어라. 아버지 아프시다.
아버지 앞에서라도 이런 모습 안 보이게 행동 똑바로 해라."

작은언니의 목소리는 매우 단호했다.
나는 큰언니의 손을 잡았다.
얼음처럼 차가워진 언니의 손은 사시나무 떨듯 떨리고 있었다.
열이 올라 벌겋게 달아오른 작은 언니의 손도 잡았다.

"언니야 그만하고 가자. 아버지 주무시는데 시끄러우시겠다."

언니들의 손을 꼭 쥐고 병실 문을 열었다.
분주히 움직이는 간호사와 보호자들의 목소리가 들려왔다.

마치 병실 안과 밖이 다른 시간이 흐르는 듯 공기가 달랐다.
무겁게 내려앉은 그곳에다 아픈 아버지를 두고 두 언니를 잡아끌었다.
병실과 병실 사이 복도를 어떻게 걸어 나왔는지 기억이 나지 않았다.
그저 언니들의 손을 꼭 쥐고 걸었던 것 같다.
아버지가 잠에 깊이 드셔서 아무것도 듣지 못하셨기를 간절히 바랐다.
아픈 아버지의 마음에 멍이 드는 일이 더 이상 없었으면 했다.
언니들과 나는 병원 밖으로 나와서야 크게 숨을 내쉬었다.

"천벌 받을 끼다. 못된 인간들 같으니라고. 우리 이러고 사는 것 엄마가 아시면 하늘에서 피눈물 흘린다."

세월은 속절없이 흘렀다.
아버지는 병마와 싸우다 결국 이른 아침 뭐가 그리도 급하셨는지 엄마 곁으로 긴 여행을 떠나셨다.
더 자주 찾아뵙지 못한 것이 후회가 되어 파도처럼 밀려왔다.
연락을 받고 도착한 병실에는 흰 천을 머리 끝까지 덮고 잠들어 계시는 아버지를 마주할 수 있었다.
병실은 울음소리가 뒤섞여 빈 공간을 가득 메웠다.

놓아주지 않아도 시간은 순차적으로 흘렀다.
검은 상복을 입고 대충 묶은 머리엔 흰 핀을 꽂았다.
문상객들이 쉴 틈 없이 오고 갔고 늦은 저녁이 되어서야 갈색 나무의 가족 대기실 문을 열었다.
문이 열리는 틈이 커질수록 흰 봉투를 들고 뭔가 대화를 하는 세 사람이 보였다.
셋은 둘러 앉아 새어머니는 다리를 겨드랑이에 끼우고 치마를 대충 둘러 정리한 채 허리춤에 차고 있던 가방에 돈봉투를 챙겨 넣고 있었다.
그 옆에 앉은 동생들은 이것도 저것도 다 우리 쪽으로 챙기면 된다고 봉투를 선별하고 있었다. 바닥에는 셀 수 없이 많은 흰 봉투들이 널려 있었다.
아버지의 장례 도중에 돈봉투를 챙기고 있는 모습에 머리에서 무언가 끊어지는 느낌을 받았다.

"지금 봉투가 눈에 들어옵니꺼?"

"아이—씨 놀래라. 기척 좀 하고 다녀라."

여동생은 내 목소리에 놀랐는지 몸을 들썩이더니 이내 미간을 찌푸리고 시선을 봉투로 돌리며 짜증스럽게 말을 내 뱉었다.
때마침 큰언니가 대기실로 들어오면서 이 광경을 봤고

잠시간의 정적이 흐른 후 나를 잡아 밖으로 데려 나갔다.

"미숙아. 아버지 가시는 마지막 길이다.
우리라도 아버지를 잘 보내 드려야 하지 않겠나?
언니도 니 마음이 어떤지 잘 안다.
길고 긴 이 악연이 이제 끊어질려나 보다.
우리 어릴 적부터 엄마 아부지 없이 자라가 이 마음에 맺힌 게 많다이가."

언니는 꼭 쥔 주먹으로 가슴팍을 여러 번 내리쳤다.

"그러니까 마지막이라도 우리 뜻대로 우리 마음 편하게 아버지 잘 보내 드리자.
아버지 가시는 길 시끄러워서야 되겠나. 응?"

안다. 누군가가 보면 우리더러 미련하다고 할 것을.
그러나 짐승보다 못한 그 사람들 때문에 아버지 가시는 길 그렇지 않아도 슬플 것인데 잘 보내 드리고 싶었다.
노란빛이 내리는 벤치에 걸터앉아 큰 숨을 내쉬었다.

입을 옹골지게 앙 다문 새어머니의 허리춤에 채워진 가방은 얼마나 많은 봉투를 담고 있는지 두툼하게 살이 찐 돼지 같은 모습이었다.
아버지 영정사진 앞에서 목놓아 우는데도 눈물은 한 방울도 떨어지지 않았다.
어느새 훌쩍 커 버린 나의 두 딸들은 접시를 나르느라 분주해 보였다.
아버지의 영정사진을 물끄러미 바라보았다.
반듯한 액자 속에서 눈가에 주름이 깊이 파이도록 웃고 있는 아버지의 사진이었다.

아버지요.
무엇이 그리 좋아 웃고 계시나요.
아버지는 이 한평생 행복하셨나요?
혹여라도 가슴 아픈 일들이 있었거든 여기에 훌훌 털고 떠나세요.
엄마 만나러 가는 그 길엔 한 줌 설움도 가져가지 마시고
우리 그 옛날 좋았던 추억만 가져가세요.
울 엄마 그곳에서 울지 않도록 좋은 이야기만 전해 주세요.
아버지 그래도 저는 아버지 딸이라서 행복했습니다.
다음 생이라는 것이 있다면 그땐 더 행복한 가족의 모습으로 만나고 싶습니다.
안녕히.

사뿐히 조심히 가셔요.

10.

작고 소중했던 아이들은 어느새 나보다 커져서 저 나름대로 폭풍 같던 시간들을 지나 잘 어울리던 교복을 벗고 어여쁜 아가씨가 되었다.
여느 날과 다름없는 하루가 시작되었다.
눈이 퉁퉁 부은 채로 자기방을 열어 젖혀 나오더니 불그스름한 입술을 쩍 띠었다.

"엄마 밥 줘."

그 모습에 웃음이 픽 나왔다.
어릴 적에도 아침마다 하는 말이 '엄마 밥 줘.'였기에 그 모습이 번뜻 생각이 났다. 웃는 엄마의 모습이 궁금하지 않은 듯 자연스레 수건을 어깨에 걸치고 화장실로 들어갔다.
가스레인지 위에는 된장찌개가 맛있는 소리를 내며 끓고 있다.
식탁에는 냉장고에 들어 있던 반찬들이 하나둘씩 올랐다.
갓 지은 따뜻한 흰쌀밥도 꽃무늬가 옅게 새겨진 밥그릇에 예쁘게 담겨져 나왔다.

씻고 나온 나연이는 뽀얀 얼굴 위에 로션을 척 바르더니 머리를 재빠르게 말렸다.
그동안 나은이도 일어나 다급한 표정으로 방에서 용수철마냥 튀어나왔다.
화장실로 들어간 후 얼마 되지도 않아 앞머리에 물을 흥건히 적시고 나와 식탁 앞에 앉았다.

"엄마아아 깨워 주지 그랬어! 머리 못 감았는데 어떡해."

둘째 나은이는 애교가 많은 아이다.
언니보다 키는 한 마디 정도 더 큰 것이 여전히 어리광쟁이 막내다.
입술을 뾰루퉁하게 내밀고 앞머리를 긴 손가락으로 툴툴 털어 내면서도 눈은 식탁 위에 고정되어 있다.
그런 동생의 머리를 쿵 쥐어박으며 자기 자리에 앉는 나연이가 한마디 덧붙였다.

"바쁘면 수저라도 좀 꺼내 두든지."
수저를 식탁 위에 두며 나연이가 뜻밖의 이야기를 꺼냈다.

"엄마 소개시켜 줄 사람이 있는데 언제 시간 돼?"

"응? 소개?"

"응. 엄마 아빠 시간 되실 때."

"언니야 남자친구 있나? 누군데 누구??"

나은이는 밥을 입에 넣으며 동그란 눈으로 언니를 쳐다봤다.
남자친구가 있다는 낌새를 전혀 못 느꼈는데 깜짝 놀란 탓에 나도 나연이를 휙 돌아 쳐다보았다.

"엄마 아빠는 언제든지 괜찮지. 아빠한테 말해 놓을 테니 편할 때 얘기해 줘."

식탁 위 음식들이 아이들의 뱃속에 들어가고 나서야 집안이 조용해졌다.
나연이가 쏘아 올린 작은 공은 잠잠하던 엄마의 마음에 물결이 일어났다.
식탁을 정리하지도 않은 채 식탁의자에 앉아 어떤 음식을 해야 할지 딸아이의 남자친구는 어떻게 맞이해야 할지 생각이 꼬리를 물었다.
남편에게 전화를 해 아침의 일을 이야기했다.

철컹—

문이 열리는 소리와 더불어 어둑해진 저녁 마당에서 들리는 발자국 소리에 내심 긴장이 되었다.
곧이어 나연이와 같이 들어온 청년이 눈에 들어왔다.
단정한 옷차림에 눈꼬리가 처져 선한 인상을 풍기는 청년은 예의 바르게 인사를 했고 꽃다발을 나에게 안겨 주었다.
"엄마야. 이런 것 안 줘도 되는데 호호호."

오랜만에 받아 보는 꽃다발에 나도 모르게 입꼬리가 올라갔는지 나은이가 씩 웃으며 나를 쳐다보았다.
나연이 아버지와 인사를 주고받은 예의 바른 청년은 남편의 안내에 따라 집안으로 들어와 앉았다.
그 옆엔 궁금증이 드글대는 눈빛으로 나은이가 앉았다.

"일 마치고 와서 시장할 텐데 얼른 들어요. 급하게 차린다고 차렸는데 입에 맞을진 모르겠네요."

"아닙니다. 진수성찬인 걸요. 잘 먹겠습니다."

안 그래도 선해 보이는 눈을 반달 모양으로 더 휘며 수저를 들고 입속으로 음식을 맛있게 담았다. 그런 모습을 바라보는 나연이가 이제는 내 품을 떠날 때가 되었다는 걸 알려 주는 것 같았다.
자리가 무르익고 앞 전에 시어머니가 귀하게 구한 산삼이라며 주셨던 걸 담금주로 만들어 뒀었는데 그 아끼던 걸 꺼내 왔다.
어른들 술자리에 아직 고등학생이던 나은이는 슬슬 하품을 하더니 자기방으로 먼저 들어갔다.
취기가 돌고 얼굴이 불그스름해진 청년을 나연이가 옆구리를 찌르며 말렸다.

"못 먹겠으면 그만 먹어. 알았제?"

"아직 괜찮다."

청년은 조용히 말을 하며 걱정하는 나연이의 손등을 톡톡 두드렸다.
처음에 인사를 온다는 소리에 별로 탐탁지 않아하던 남편은 어느새 제일 신이 나 보였다.
산삼주가 바닥을 보일 즈음 자리는 끝이 났다.
취기가 오른 청년은 나연이 방에서 어느새 곯아 떨어졌다.
뒷정리를 마치고 나은이 방으로 들어가 보니 나은이와 취기가 오른 나연이가
단잠에 빠져 있었다.
거실에서 비집고 들어오는 은은한 불빛에 비친 아이들의 실루엣을

보고 있자니 내심 이만큼 커버렸구나 싶은 감정이 새록 올라왔다.
잠든 아이들의 머리를 한 번씩 쓰다듬고 문을 조용히 닫고 나왔다.

예전에 이런 말을 들은 적이 있었다.
80대의 노파가 60대 아들에게 차 조심하라는 이야기를 듣고 웃었는데
아이가 내 품을 떠나 진짜 어른이 되려는 시점에서 그 이야기가 문득 떠올랐다.
'아직 내 눈에는 그저 철부지 아이 같은데'
그 이야기 속 노파와 내가 무엇이 다를까 웃을 이야기가 아니었다.
자식은 늙어서도 아기와 다름이 없구나

선한 인상의 청년이 인사를 다녀가고 일은 일사천리로 진행되었다.
청년의 부모님과 딱 봐도 고급진 한식당에서 상견례를 하고 아이들의 결혼식 날짜를 잡고 이것 저것들을 챙기다 보니 정신없는 나날들이 후딱 지나갔다.
나은이는 언니의 혼수들이 예쁘다며 호들갑을 떨어 대며 저도 시집가면 예쁜 것들 해 달라며 나에게 농담도 건넸다.
또 어떤 날은 진미령 가수님의 '내가 난생 처음 여자가 되던 날'이라는 노래를 알아 와서는 같이 들으며 자기가 딸을 시집보내는 친정 엄마 마냥 울기도 했다.

한참 바쁜 시간을 보내고 있던 어느 날 시어머니가 찾아오셨다. 장을 보고 돌아오는 길에 멀찍이 부터 대문 앞에 누가 서 있는 것이 보였다.

이사 온 집은 거리가 좀 있어 거동이 불편해진 시어머니는 평소에 오시지 않으려 하셨다. 나이 든 시어머니가 얼마나 기다리셨을지 놀란 마음에 한 달음 뛰어갔다.

"어머니! 부르시지 않고 왜 여기서 기다리고 계세요."

"아 내 좀 전에 왔다."

"다리도 아프신 분이 부르시면 제가 갈 건데 오실 때 안 힘드셨어요? 얼른 들어가요."

대문을 얼어 젖히는데 시어머니가 나를 붙잡으셨다.

"아니. 볼일이 있어서 앉았다 갈 시간은 없다."

"예?"

"딴 기 아니고 나연이 시집가는 데 보태 써라."

무던히 이야기를 하시며 손에 모퉁이가 헤진 흰 봉투를 쥐어 주셨다.
얼핏 봐도 두꺼운 봉투에 나는 어머니의 주름진 손에 도로 건네드렸다.
그러자 어머니는 매서운 눈으로 나를 쳐다보셨다.

"어허."

"어머니 제가 해도 되는데예…"

"고마 잔말 말고 보태 써라."

어머니는 나에게 봉투를 다시 턱 쥐어 주시더니 뒤돌아 걸어가셨다.
예전보다 키가 한 뼘이나 줄어든 어머니 뒷모습에 눈시울이 뜨끈해졌다.

"어머니 데려다 드릴게요. 같이 갑시더!"

형님은 여전히 툴툴대며 내가 준비하는 일들에 불만을 표했다. 특유의 투덜거리는 억양에 스트레스를 받긴 했지만 좋은 날을 앞두고 신경 쓰고 싶진 않았다.
조카는 자기보다 사촌동생인 나연이가 먼저 시집을 가는 것이 마음에 들지 않아 순서를 빼앗겼다고 만나는 식당 이모들에게 이야기를 하고 다녔다.

"엄마. 신경 쓰지 마래이. 저거 다 부러워서 저러는 기다."

"알지. 엄마 신경 안 쓴다. 니는 언니 시집가는데 안 서운하나?"

"내가 왜 서운하노? 형부도 생기고 을~마나 좋은데!"

나은이는 웃는 얼굴이 참 예쁜 아이인데 오늘따라 가지런한 흰 이가 보이며 활짝 찢어진 붉은 입술이 그 웃음을 배로 예뻐 보이게 했다.
언니는 결혼 준비로 바쁘니 혹여나 고모에게 엄마가 스트레스를 받을까 싶어
항상 내 옆에 바싹 붙어 졸졸 따라다녔다.

"야. 니는 언니보다 느그 언니가 먼저 시집가는데 뭐가 좋다고 그래 헤벌쭉해서 다니노?"

"우리 언니 시집가니까 좋은 게 당연한 것 아니가? 왜 언니는 싫나?"

어릴 적부터 나은이는 나연이보다 자기 주관이 뚜렷했던 아이였는데 자라나면서는 옳고 그름의 명확해 본인만의 선이 있어서 입바른 소리를 잘했다.
그 모습이 당황스러울 때도 있지만 가끔은 속이 시원할 때도 있긴 했다.

아침 햇살이 유난히 일찍 창문으로 드리운 날.
감고 있던 눈이 번뜩 떠졌다.
먹먹한 감정이 선명해지는 날이었다.
평소 아침잠이 많아 일찍 일어나지 못하는 둘째 딸아이도 방문을 열고 나왔다.
신랑은 얼마나 일찍 일어나서 목욕탕을 갔는지 벌써 보이지 않았다.
숫자가 알록달록하게 나열되어 있는 벽걸이 시계는 5시 46분을 넘기고 있었다.
새벽부터 일어나(사실 너무 떨려서 잠을 거의 자지 못했다.) 몸을 깨끗하게 단장하고 우리 가족은 예식장으로 향했다.

"신부님 측 어머님 되시죠? 여기에 앉으시면 되세요."

이른 시간에도 피곤한 기색 없이 밝은 인사를 건네며 단정히 차려 입은 아가씨가
자연스레 자리를 안내했다.
머리를 매만져 주고 화장을 하고 나니 거울 속에 웬 다른 사람이 앉아 있었다.

"어머님 너무 고우시다. 신부님이 어머님을 닮아서 예쁘셨나 봐요! 이제 환복하시면 되세요. 저기 푸른색 원피스 입은 아가씨 따라가시면 되세요. 결혼 축하드립니다."

하이톤의 아가씨는 머리와 화장을 하는 내도록 입을 쉬지 않았다. 피곤하게 하는 것이 아니라 사람을 기분 좋게 하는 것도 그 아가씨만의 매력이었다.

연분홍 치마에 꽃무늬가 밑단에 우아하게 수놓아진 한복을 입고 흰 장갑을 건네받아 손에 끼워 넣었다.
남편도 나 못지않게 긴장이 되었는지 마른 입술을 자꾸만 닦아 내렸다.
결혼식이 진행될 4층 로비로 오르는 엘리베이터에 몸을 실었다.
사돈 내외분들이 먼저 도착해 계셨고 서로 흰 장갑이 곱게 끼워진 손을 마주잡고
인사를 나누었다. 고운 옷을 입고 웃음이 내려앉은 두 중년 부부

들은 서로에게 축하를 전하였다.
무릎 정도까지 내려오는 단색의 고운 원피스를 차려 입은 나은이는 언니 친구들에게 봉투를 전해 받아 반짝이는 손가방에 챙겨 넣느라 바빠 보였다.

회색 빛이 감도는 한복을 차려 입은 시누이가 다가왔다.
무언가 마음에 들지 않았는지 얼굴에는 심술이 가득했다.
사돈과 인사를 나누던 시누이의 시선은 금세 나에게로 향했다.
가느다랗게 뜬 눈은 나의 위아래를 빠르게 훑었다.

"니가 시집가나? 뭘 그리 꾸몄노?"

시누이의 통명한 입술에서 튀어나온 말에 나는 얼굴이 화끈거렸다.
사돈 내외 앞에서 당황한 나는 본능적으로 안사돈을 쳐다보았고 눈이 마주쳤다.
나와 눈이 마주치자 안사돈은 당황한 기색이 역력한 표정을 가다듬고 어색한 웃음을 보이며 시선을 다른 곳으로 옮겼다.
그러거나 말거나 시누이는 말을 이어 갔다. 너—무 부끄러웠다.
할 수만 있다면 저 입이 틀어 막혔으면 좋겠다고 생각했다.

-크리스탈실 11시 식이 곧 진행될 예정입니다.-

때마침 타이밍이 좋게 시누이의 입을 틀어막으며 스피커는 크게 소리를 내뱉었다. 그러자 시누이는 사돈께 인사를 하고 친척들이 있는 곳으로 걸음을 옮겨 갔다.

나도 혼주석으로 옮겨 푹신한 소파에 앉았다.
남편은 신부 입장이 다가올수록 더 초조해지는 듯 손바닥을 비비기도 했다.

나의 첫사랑인 나연이는 그렇게 아빠의 손을 잡고 식장에 들어서며 시집을 갔다.
남들의 결혼식에선 알 수 없었던 혼주석에 막상 앉아 보니 아무것도 보이지 않았다. 오로지 조명 아래 반짝이는 5월의 신부만이 눈에 들어올 뿐이었다.
서로 사랑 속에서 영원을 맹세한 딸아이와 사위가 된 청년은 손을 마주 잡았다.
친정 엄마가 울면 안 된다고 했는데.
시집가는 딸아이의 인생이 눈물 바람이 된다고 어르신들이 그러던데.
혹여나 나 때문에 나쁜 일이라도 겪을까 눈물이 나오지 않도록 손수건으로 눈가를 꾹꾹 눌렀다.

'넌 평생 사랑하면서 행복하기만을 엄마가 기도해.

신이 계신다면 제 이야기를 한 번만 들어 주세요.
제가 바보같이 산 세월의 고통만큼 저희 두 딸만큼은 사랑하는 사람에게
사랑만 받으며 행복하게 살게 해 주세요. 부탁입니다.'

결혼식이 진행되는 내도록 아름다운 딸아이의 모습을 눈에 담으며 마음속으로 빌고 또 빌었다.

나연이를 신혼여행 보내고 온 그날 저녁.
아침부터 먹먹한 가슴이 일렁여 마당 평상에 앉아 혼자 맥주를 들이켰다.
시집가기 얼마 전 신혼 집으로 가져갈 짐을 싸던 중에 옷장에서 꺼낸 옷들이 하나같이 낡아 있었다. 내 눈에는 가져갈 옷이 없어 보이는데도 아직 충분히 더 입을 수 있다며 가방에 고이 개어 챙기는 나연이의 모습이 떠올랐다.
어린 시절부터 가진 것이 많지 않아 잘해 주지 못한 것들만 잔뜩 떠올랐다.
신랑과 내가 아닌 부유하고 화목한 가정을 꾸려 줄 수 있는 부모에게서 태어났다면 우리 아이들이 더 좋은 환경에서 자라났을 텐데- 못난 엄마를 만나서 고생만 실컷 하다가 시집간 아이에게 미안함과 안쓰러운 마음이 뒤섞여 눈물이 울컥 나왔다.

신혼여행을 떠나보낸 지 벌써 며칠이 지났다.

그동안 아이에게서 전화가 수시로 걸려 왔다.

휴대폰 벨소리가 울리면 설거지를 하다 가도 손을 대충 닦고 전화를 받았다.

집에 남은 우리 세 가족은 거실에 모여 앉아 과일을 깎아 먹다가 나은이가 튼 '진미령의 내가 난생 처음 여자가 되던 날' 노랫소리에 눈물이 범벅이 되도록 울었다. 눈물 흘리는 걸 본 적이 없는 남편도 눈시울이 뜨거워졌는지 손으로 눈가를 슥 닦아 냈다. 나은이도 휴지를 여러 장 손에 돌돌 말아 뜯더니 코를 휑 풀기를 반복하며 울음을 금방 그치지 못했다.

나은이가 괜찮아 보여도 속은 그게 아니었던 건지 한동안 그 노래를 수시로 들었다. 나도 가슴에 큰 구멍이 하나 생긴 것 같았다.

눈물 콧물로 지샌 밤이 지나고 새로운 해가 아침을 밝혔다.

조잘거리는 작은 새들의 노랫소리가 기분 좋게 들렸다.

오늘은 아이들이 여행에서 돌아오는 날이다.

남편과 나은이를 출근시키고 나니 시끄러운 집안에 안정이 드리웠다.

잠시간 시간을 내어 침대에 걸터앉아 아이들이 오면 무슨 음식을 내어 줘야 할지 고민을 했다.

동네 어르신이 신혼여행을 다녀오면 신혼부부 첫 상차림은 따로 마련해야 한다는 말이 번뜩 떠올랐다.
머릿속에는 준비해야 할 음식들이 리스트마냥 정리가 되어 갔다.
그러고는 휴대폰을 집어 들었다.
터치 몇 번에 손바닥만 한 휴대폰은 어디론가 전화를 걸었다.

"어 그래."

"형님. 오늘 애들 돌아오는 날이라서 집에 음식준비 할 거라 저녁 드시러 오세요."

"음식? 알았다."

톡 쏘는 특유의 말투로 시누이는 대답을 했다.
짧았던 통화는 누군가의 손끝에 의해 툭 끊어졌다.
하얀색의 냉장고 문을 열어 젖혔다.
냉장고 안에는 김치와 비롯해 나물 반찬들이 안이 훤히 보이는 유리통에 가지런히 담겨 자리를 채우고 있었다. 그 밑에 칸에는 전날 봐 둔 장거리들이 순서를 기다리고 있다.
그것들을 꺼내 손질을 정성스럽게 했다.
껍질을 까고 흐르는 물에 깨끗이 씻어 내며 도마 위에선 양파와 각종 채소들이 썰려 나갔다.

가스레인지에서 식재료들이 끓고 볶아지면서 텅 비워져 있던 식탁 위에는
음식들이 하얀색의 꽃무늬가 새겨진 그릇 위로 담겨져 나와 가지런히 놓이기 시작했다.
고소한 냄새가 온 집안에 풍겼다.
상차림이 끝나갈 즘 딸아이 부부가 집으로 돌아왔다.

잘 놀다가 온 건지 딸아이의 얼굴이 한 톤 어두워져 있었다.
활짝 웃는 입술 사이로 흰 이가 가지런히 보였다.
옆에는 인생의 동반자로 약속을 한 사위가 손에 짐을 가득 들고 싱긋 웃으며 신발장에서
신발을 벗고 집안으로 들어왔다.
나은이는 언니와 형부에게 인사를 건네고 곧바로 형부의 손에 가득 들린 짐가방으로 시선을 옮겼다. 눈빛이 반짝거리며 빛을 뿜어내는듯 보였다.

"형부우우 손에 든 건 뭘까요오오~?"

기대에 가득 찬 목소리가 지금 나은이를 굳이 보고 있지 않아도 어떤 표정을 짓고 있을지
짐작하게 만들었다. 남편도 방에서 나와 아이들을 맞이했다.
평소 편안한 옷차림으로 집에서 지내는 남편이 오늘은 깔끔한 초

록색 카라티셔츠를 꺼내 입었다.

베이지색 반바지와 티셔츠가 어울리지 않았지만 나름 신경 쓴 티가 물씬 풍겼다.

아직 제대로 짐도 내려놓지 않은 아이들을 데리고 시댁으로 향했다.

저녁은 생각보다 선선했다.

가로등 밑으로 쭉 이어진 길을 걸어가며 나연이는 여행에서 있었던 이야기를 들려주었다.

남편은 가죽으로 된 슬리퍼를 신고 앞장서 걸었다.

뒷모습이지만 아이들의 이야기에 귀를 기울이는 듯했다.

시간 가는 줄 모르고 이야기 꽃을 피우며 걸었더니 늘 멀기만 했던 시댁에 금세 도착했다.

시어머니는 오늘 아이들이 도착한다는 소식에 평소 7시쯤만 되도 일찍 잠자리에 드시는 분이지만 오늘은 주무시지 않고 기다리고 계셨다.

다리가 많이 불편하셔서 아이들을 앉은 자세로 맞이했다.

방에 노란빛이 감도는 불을 켜둔 채 문밖을 내다봤을 어머니가 그려졌다.

할머님께 인사를 마친 후 우리 가족과 시누이, 그리고 조카는 우리가 걸어왔던 길을

같이 걸어 집으로 돌아갔다.

오는 길처럼 이야기 꽃이 피어난다든지 즐거운 걸음은 아니었다.

그 속에서도 신혼부부는 서로 손을 잡고 걸으며 간간히 눈을 맞추고 웃으며 그 시간조차
소중히 대했다.

철문이 끼-익 소리를 내며 손님맞이를 제일 먼저 했다.
조카는 슬리퍼를 무심히 툭 벗어 집안으로 발을 들였다.
한쪽 구석에 놓인 종이가방으로 시선을 옮기더니 그리곤 툭 튀어나온 입술을 쩍 벌렸다.

"뭘 저리 잔뜩 샀대?"

조카는 식탁 의자를 쭉 빼내더니 펑퍼짐한 엉덩이를 의자에 붙이고 앉았다.
그 뒤로 시누이가 들어오며 식탁 위 음식을 확인이라도 하는 듯 눈알을 이리저리 굴렸다.
역시나 탐탁지 않은 표정으로 의자를 빼내 등을 붙이고 앉았다.

"별 것도 안 차려 놓고 사람 불렀드나?"

"에헤이. 누나는 뭐가 그리 불만이고. 아침부터 음식 한 사람 무안하구로."

남편이 낮은 목소리로 한마디 했다.
그런 남편을 쏘아보듯 쳐다본 시누이는 헛기침을 두 번 정도 하더니 음식을 입에 집어넣었다.
아침부터 힘든 줄 모르고 음식을 했던 나였는데 순간 힘이 쭉 빠졌다.
꼭 새 식구가 와있는 자리에서까지 저렇게 해야 하나 싶은 생각이 머리를 강하게 내리쳤다.
모두가 별말 없이 조용하게 식사를 이어 갔다.
어색한 공간에 처음 발을 들인 사위가 신경이 쓰여 밥을 먹는 동안에도 몇 번을 힐끔 쳐다보았다.
간간히 시누이가 나연이 부부에게 '이렇게' 살아야 한다며 조언을 하기도 했지만
조언이라 하기엔 어딘가 부족한 말이었다. 지나가는 사람이 들었다면 지적과 잔소리쯤으로 들었을 수도 있겠다 싶었다.
불편한 식사 시간이 끝이 나고 시누이와 조카는 돌아갔다.

잠시 서먹한 시간이 흘렀다.
시계 초침 소리가 유난히 선명히 들렸다.
그 서먹함을 깨는 누군가가 말을 꺼내 화제를 돌렸다.
나은이었다.
어릴 적부터 시댁에서 눈칫밥을 먹고 자라 눈치가 100단인 나은이는 형부에게는 이런 모습을 보이기 싫었을지도 모른다. 그래서

잠시간의 정적을 얼른 선물이야기로 화제를 돌려 이야기를 이어 나갔다.
나연이도 눈치껏 종이가방을 가져와 바닥에 앉았다.
아버지 선물은 술을 좋아하는 양반이라 고급져 보이는 양주였다.
동생에게는 달콤한 향이 풍기는 향수를 그리고 나에게 건넨 종이가방 속에는 각종 화장품이 들어 있었다.
색조화장 팔레트가 시선을 잡았다. 여러 색이 질서정연하게 담겨져 있는 팔레트를 꺼내 들었는데 나연이가 그런 나에게 말을 건넸다.

"엄마 지금까지 우리 키운다고 얼마나 고생했어. 화장도 하고 이제 엄마 인생도 찾았으면 좋겠어."

그 말에 마음이 뭉클했다.
주책맞게 눈물이 나오려는 걸 겨우 참아 냈다.
그런 나를 보던 나연이는 나를 꼭 안아 주었다.

"아이고 이런 건 안 사와도 되는데 돈 아깝게스리.
내 정신 좀 봐라. 상도 안 내오고 뭐하고 있노 호호호."

정말 주책맞은 아줌마가 될까 봐 얼른 부엌으로 향했다.

나이가 들면 별것 아닌 일에도 눈물이 난다더니 내가 정말 나이를 먹긴 먹었나 보다.
서둘러 작은 상에 나물 몇 가지와 튀김. 그리고 부추전을 얼른 구워 올렸다.
막걸리 몇 병과 소주도 챙겼다.
엄청 특별한 하루는 아니었지만 그렇다고 안 특별하지도 않은 오늘이 막걸리와 소주 한잔에
잘 마무리되어 넘어가고 있었다.

첫째 딸을 부산으로 시집보내고 며칠간은 먹먹한 마음으로 시간을 보냈다.
그것도 잠시 자주 찾아오는 딸 덕분에 금세 회복되었다.
일도 나가며 여전히 똑같은 하루들을 보내던 어느 조용한 날 아침.
생각지도 못한 전화를 받았다.
평소와 다른 목소리의 시누이는 나에게 이상한 소리를 했다.
시어머니가 평소와 다르다는 것인데 아마 치매인 것 같다며 병원을 같이 가 달라고 했다.
하던 일을 잠시 멈추고 옷을 부랴부랴 챙겨 입고 시댁으로 향했다.
도착해서 본 시어머니의 모습은 평소와 별반 다르지 않았다.
병원에서 여러 가지의 검사를 끝내고 대기석에 앉아 있는데 모두 표정이 좋지 않았다.

조용히 그 누구도 침묵을 깨지 않고 차례를 기다리기만 했다.
한참을 기다려 의사를 만나고 나온 발걸음은 가볍지 않았다.
시어머니의 치매 진단은 아무에게도 반갑지 않은 소식이었다. 시누이는 집으로 돌아가는 길에 소맷자락으로 눈물을 주기적으로 훔쳐 냈다.

늦은 저녁시간 아이를 재워 두고 모두 식당 한 켠에 모여 앉았다.
낮에 병원에서보다 더욱 삭막한 공기가 흘렀다.
신랑은 짧은 머리카락을 쓸어 넘기며 담배를 태웠다. 마주 보고 앉은 시누이는
가슴을 주먹으로 퉁퉁 쳐 대며 울음 섞인 신음을 했다.
신랑의 입 끝에서 피어오르는 담배연기가 공중으로 높이 흩날렸다.
매캐한 담배 냄새가 코끝을 찔러 들어왔다. 유리로 된 작은 재떨이에는 구겨진 담배가
아무렇게나 뭉그러져 있었다. 컴컴한 곳과 머리 위를 비추고 있는 밝은 곳은
담배 연기로 경계를 만들었다. 그 경계 한 켠에서 간간히 한숨소리만 새어 나왔다. 머리를 맞대고 고민을 한다 해도 뾰족한 치료법은 없었다.
그저 앞으로 어떻게 해야 할지 그 문제에만 온 신경을 쏟았다.

애석하게도 아침 해는 밝아 왔다.
나는 시어머니를 찾아 뵙는 일로 하루를 시작했다.
매일 같은 시간에 어머니는 항상 방 바닥을 걸레로 닦고 계셨다. 더 이상 식당을 나가지 않아서 헛헛함을 느끼시는 건지 한시도 가만히 있지 않고 무언가를 계속 하셨다. 그리고는 매일 찾아오는 나에게 처음엔 오지 않아도 된다고 하시더니 시간이 지날수록 내심 기다리시는 듯했다. 어느 날 아침에 일이 생겨 조금 늦은 날이 있었다.
어머니는 평소와는 다르게 마당에서 잡초를 정리하시느라 내가 온 줄도 모르고 풀을 뽑고 계셨다. 항상 깨끗하게 닦고 있던 방바닥 한 구석에는 맛있게 삶긴 감자가 바구니에 보기 좋게 있었다.

"만다 왔노?"

기척을 느낀 건지 어머니는 퉁명스런 목소리로 눈길은 잡초에 여전히 둔 채 나에게 말을 건넸다.
흙에 더럽혀진 하얀색의 목장갑을 낀 손은 여전히 쉬지 않고 부지런히 움직였다.
목장갑 끝으로 빠르게 뽑혀져 나가는 잡초들은 어느새 쪼그려 앉은 어머니의 옆에
조그마한 언덕을 쌓였다.

나도 팔을 걷어붙이고 잡초를 뽑았다. 잡초들이 파릇하게 많이도 자라 있었다.
한참을 말없이 서로 잡초 뽑기에 열중하고 있을 무렵 어머니가 침묵을 깨고 말을 꺼내셨다.

"내 방에 가면 감자 삶아 놓은 거 있는데 갈 때 들고 가그라이."

"감자는 언제 삶으셨어요. 저 주실라고 삶으신 거예요?"

"옆집 할망구가 감자를 한 포대기 주고 가서 처치곤란이다."

살갑지 못한 어머니를 알기에 괜시리 웃음이 나왔다.
햇빛 아래 잡초도 어느 정도 뽑혀 나가고 멀건한 흙바닥이 보였다.
쪼그리고 앉아있다가 다리를 펴는데 금세 펴지지 않고 입에서 곡소리가 나왔다.

"아이고 다리야."

젊은 나보다도 어머니는 아무렇지 않게 일어나시더니 바지에 흙을 툴툴 털어 내셨다.
그러곤 종종걸음으로 자리를 옮기셨다.

흰 포대자루를 들고 와서는 뽑아 둔 잡초를 담으시며 말을 건네시는데
머리에서 온갖 생각이 스쳐 지나갔다.

"옆집 할망구가 감자를 여기에다가 얼마나 담아 주던지 감자 삶아 놨으니까 집 갈 때 들고 가그라."

"어머니 방금 말하셨잖아요~"

최대한 자연스럽게 웃어 보이며 대답했다.
그러자 어머니는 포대기에 잡초를 넣다 말고 구부정한 자세로 고개만 획 들고 나를 의아하다는 듯이 쳐다보셨다.

"내가 은제 그라드노. 야야 웃긴 아 다 봤데이."

어머니는 희한하다는 듯이 혼잣말을 중얼거리시고는 다시 잡초 담는 일을 이어 나가셨다.
어머니의 일을 거들고 감자가 담긴 바구니를 허리춤에 끼고 시누이가 있는 식당으로 향했다.
식당에는 점심시간이 지나서 그런지 한가해 보였고 여럿 이모들은 앉아서 믹스커피를 마시며

이야기를 하고 계셨다.

내가 식당으로 들어서자 몇 이모들은 한번 쳐다본 후 다시 이야기를 이어 나갔고

몇 명의 이모들은 인사를 반갑게 해 주었다.

이모들에게 간단히 안부인사를 전하고 시누이를 찾았다.

"왜. 무슨 일 있나?"

시누이는 주방 쪽에서 물에 젖은 손을 옷에 대충 닦으며 나왔다.

둘은 이모들을 피해 그늘 진 주방 뒤편으로 자리를 옮겼다.

어머니의 증상이 지금은 심하진 않지만 자꾸 같은 말을 한다는 둥 시누이는

나에게 투덜거림과 걱정 그 어느 사이의 감정을 쏟아 내었다.

11.

5개월이 훌쩍 지났다.

어느덧 손끝이 시린 추운 계절이 찾아왔다.

언제까지나 정정하실 것 같았던 어머니는 짧은 시간 동안 어린아이가 되어 갔고

지금은 사람들도 잘 알아보지 못할 정도로 병환이 빠른 진행 속도

를 보였다.

처음엔 울고 난리 치던 시누이도 병수발에 점점 지쳐 갔는지 어머니의 투정을 버거워하고 있었다. 어머니의 어리광에 짜증을 먼저 내는 것이 그 증거였다.

치매라는 병이 참 무섭다.

사람을 어리게 만들지만 몸과 마음을 같이 집어삼켜 사람을 빨리 도태시키고 잠식해 갔다.

또한 주변 사람들도 점점 지치게 만드는 무서운 병이었다.

조카와 내 딸아이들은 알아보지 못하는 날이 많았고 시누이마저 알아보지 못하는 순간이 찾아왔다.

그럼에도 시누이가 볼일을 보러 나갈 때는 극도의 불안감을 보였다.

그 불안감은 시누이에게 집착과 구속처럼 느껴졌는지 나와 신랑에게 엄마를 더는 모시지 못하겠다는 소리를 자주 하게 만들었다.

그래서 신랑과 의논 끝에 시어머니를 우리 집에서 모시기로 하고 시누이에게 의사를 전했다.

시누이는 내심 반가운 기색을 비추었지만 우리의 생각과 다르게 어머니는 우리집으로 오시기를 완강히 거부하셨다.

시누이가 달래도 보고 화도 내 보았지만 어린아이 같은 시어머니는 그 상황만큼은

누구보다 완강한 어른이었다.

물론 내 말은 더욱 듣고 싶어 하지도 않으셨다.

지금까지 살아오면서 나에게 시댁이란 곳이 좋은 감정보다 좋지 않은 기억과 감정이 더 많음에도 불구하고 돌아가신 친정 부모님 생각도 나고 어느 순간부터 조금씩 나에게 마음을 연 듯
나의 힘듦을 알아주시는 어머니에게는 악감정은 남아 있지 않았다.
그래서 그런지 어머니의 완강한 거부는 남모르게 서운한 감정이 들게 만들곤 했다.

"니 내 좀 보자."

시누이의 화를 꾹꾹 눌러 담은 말투가 날카로운 시선과 함께 나에게 도달했다.
시누이는 획하고 일어나 먼저 마당으로 나갔다.
뒤따라 나오는 나에게 뭐가 그리 급했던 건지 쏘아붙이기 시작했다.

"야 봐라. 니 우리 엄마한테 평소에 어찌하고 살았으면 정신 오락가락하는 저 양반이 느그 집을 그리 안 갈라카노. 어? 자주 찾아오고 하드만 니 순 쇼했나? 내만 엄마 자식이가.
철이 저것도 엄마 자식 아니가. 엄마한테 내 그리 시달릴 때 느그 먼저 엄마 모셔 간다는 소리 한마디는 해 봤나? 그때 내가 알아봤다. 알아봤어."

구겨진 미관과 동그랗게 뜬 눈은 나에게 고정한 채 입은 쉬지 않고 나를 공격했다.

"형님. 제가 어머니한테 뭘 한 게 아니고요. ㅈ"

말을 이어 갈 틈을 주지 않았다.
어머니의 태도에 화가 난 시누이는 그 화를 온전히 나에게 풀기로 마음먹은 듯했다.

"즈그 아빠 암이다 칼 때는 뺀질나게 병원 들락거리 샷트만 니가 하는 마음 씀씀이가 행동에서 다 표가 나는 기라. 니 느그 아빠였어도 내한테 이래 놔 두고 할 끼였나?"

아프게 돌아가신 아버지 이야기를 서슴없이 꺼냈다.
내가 아버지의 죽음에 얼마나 많은 가슴앓이를 했는지 안다면 나에게 저런 식으로 이야기하진 못 했을 거다. 단 한 번도 사돈의 병환 소식에 관심을 두지 않던 시누이의 입에서 이런 이야기가 나온다는 사실에 너무 화가 났다.
의사의 말처럼 심장에 화를 덜어 내기 위해선 한마디를 했어야 하지만
아픈 어른을 두고 그러고 싶진 않았다.

마음에 돌덩이 하나가 또 얹혀졌다.

심장이 쿵쾅거리고 손에 땀이 베어 나왔다.

아마 얼굴에도 열감이 도는 것이 홍당무처럼 변했겠지.

시누이는 집안으로 들어갔고 곧 신랑에게 퍼붓기 시작했다.

그런 자식들을 어머니는 훑어보더니 슬금슬금 앉은 채로 손바닥 힘으로 땅을 당겨

자신의 방 쪽으로 천천히 향했다.

나는 더 볼 것도 없이 시댁에서 나와 집으로 향했다.

먼저 집에 도착해 찬물을 한잔 들이켰다.

넘어가는 속도보다 들이붓는 양이 많았는지 목구멍이 아팠다.

그러나 불이 난 마음을 그깟 냉수 한잔이 가라 앉힐려나.

냉수를 한잔 연이어 목구멍으로 부었다.

드르륵---

신랑이 집안으로 들어오는 소리가 들렸다.

잔뜩 화가 난 채 들어온 신랑은 다짜고짜 나에게 화를 내기 시작했다.

옷깃을 탁탁 치더니 시누이와 똑같은 표정으로 나를 쏘아보았다.

"어이. 봐라. 니 도대체 엄마한테 우째 하고 다니노?"

"내가 뭘 어쨌다고 전부 이러는데?"

"하. 니가 평소에 잘했어 봐라. 엄마가 지금 우리 집 안 온다고 하겠나?
누나는 누나대로 그거 가지고 내한테 난리제. 니는 시집와서 도대체 뭐하고 사노?
며느리면 며느리 노릇을 하고 살아야 할 거 아니가?"

신랑의 말에 간신히 붙잡고 있던 이성이 끊어졌다.
나는 들고 있던 조각이 이쁘게 되어 있는 유리컵을 식탁 위에 탁! 놓았다.

"말 잘했다. 그럼 니는 우리 아부지 아프실 때 한 번 찾아가서 살갑게 해 본 적 있나?
니는 니 할 도리 다하고 지금 내한테 이러나? 나는 어머니한테 그래도 최선을 다하려고 노력하고 있다. 니는 뭐했는데?"

"노력한 결과가 이렇나. 눈이 있으면 함 봐 바라. 집안 꼬라지 잘 돌아간다."

"내가 도대체 뭘 얼마나 잘못하고 살았노!!!"

악다구니를 썼다. 갑자기 지르는 내 비명 소리에 순간 놀랐던 건지 말을 멈췄다.
역시 사람은 쉽게 변하지 않는다고 한 말이 딱 맞았다.
여간 예전보다 조용히 지내오던 신랑은 큰일 앞에서는 여전히 놈팽이였다.
신랑이 집을 박차고 나가버린 후 고요한 적막이 나를 감싸자 설움이 터져 나왔다.

잘못된 것은 온전히 내 탓이오.
내가 무엇을 그리 잘못하고 살았는가.

그저 삶에 최선을 다해서 살아 보려고 애쓰고 있는 나약한 인간일 뿐인데
사람들은 여전히 나에게 각박하다.
냉장고를 열어 보니 초록색 병이 눈에 들어왔다.
손에 힘을 주어 뚜껑을 돌렸다. 드득 하는 감촉과 함께 뚜껑이 유리병과 분리가 되었다.
그러곤 유리컵에 소주를 부었다.
술이 잘 받아 주지 않는 체질이라 평소에는 술을 잘 즐기지 않는데 오늘은 술이 든 잔을 물처럼 벌컥 들이켰다.

어릴 적 아버지가 술을 하시면서 술은 기분이 좋을 때 즐기는 거라 하셨는데
왜 그 말을 하셨는지 알 것 같았다.
알코올이 빠르게 몸을 휘젓고 다니면서 얼굴에 열이 훅 달아올랐다.
감정이 좋지 않은 상태여서 그런지 평소보다도 술기운이 빠르게 돌았다.
잘 참고 억누르고 살고 있다 생각했던 모든 것이 한순간에 무너져 내릴 것 같았다.
적막이 흐르는 집에서는 작은 울음소리만 멀리멀리 구슬피 새어 나왔다.

남편도 보기 싫고 시누이도 보기가 싫어 한동안 어머니에게 찾아가지 않았다.
간간이 신랑이 전화를 붙잡고 있는 날은 시어머니의 일로 모두가 예민해져 있어서 시누이와 언쟁을 벌이곤 했다.
그런 모습을 보는 것이 감정적으로 불편하게 다가왔다.
그날 이후로 신랑은 술에 취해 들어오는 일이 잦기만 할 뿐 나에게 어떠한 말도 하지 않았다.

대문이 끼익- 소리를 내며 열렸다.
어김없이 신랑은 술에 취해 비틀거리며 집안으로 들어섰다.

거실에 철푸덕 드러누운 채로 중얼거리듯 얘길 했다.
"엄마 병원에 모시기로 했다."

"언제."

"낼 누나가 갈 끼다. 알고 있으라고."

신랑은 목이 갑갑했던 건지 티셔츠의 목을 잡고 훅 잡아당겼다.
그러곤 그대로 잠에 들었다.
바닥에 누워 자고 있는 인간을 보고 있자니 속에서 천불이 날 것 같다가 이내 한숨이 나왔다.
바닥에 덩그러니 떨어진 머리 밑으로 베개를 쑥 집어넣어 주었다.

오랜만에 어머니를 뵈었다. 며칠 안 되는 시간이었지만 조금 더 야윈 것 같은 기분이 들었다.
어머니는 병원에서 입원 수속을 마치셨다.
4명이 쓰는 병실이었는데 운이 좋게도 햇살이 잔뜩 드는 창가 쪽에 자리가 배정되었다.
병원 이름이 작게 새겨진 하얀 병원복을 갈아입고 아무 말씀 없이 침대에 누워 눈을 감고 계셨다. 손에는 링거가 꽂혀 테이프가 여러 장 붙어 있었다. 링거까지 꽂고 있기엔 불편하지 않을까 하는 생각에 간호사에게 문의를 했지만 머리를 단정히 묶은 속눈썹이 긴 간호사는 오더가 내려진 것이라 임의로 뺄 수가 없다는 답변을 싱긋 웃으며 하였다.

병실로 돌아와 주변을 살펴보니 깡마른 할머니들이 다들 주무시고 계셨다.

그 옆을 지키는 건 대부분 가족이 아닌 같은 연한 파란색의 조끼를 입고 계시는 보호사 이모님들이었다. 상황이 심각해 보이는 할머님은 산소호흡기를 끼고 미동도 없이 주무셨고

그 옆에는 돋보기 안경을 쓰고 휴대폰을 아래로 내려 들여다보고 있는 60대쯤으로 보이는 보호사 이모님이 계셨다.

어머니 병상 바로 옆에 계시는 할머님은 간간이 일어나 말씀을 하시곤 한다는데 지금은 잠에 곤히 드셨다. 꿈을 꾸고 있는 건지 가끔 몸을 움찔거리기도 했다.

머리를 질끈 묶은 보호사가 자연스레 물병을 들고 병실에 들어왔다. 파란색 조끼가 헐렁할 만큼 작고 비쩍 마른 이모님은 병상 옆 테이블에 물병을 내려 두고

우리에게 시선을 옮겼다. 그리곤 자연스레 인사를 건넸다.

"새로 오신 할머님이신가 보네. 자식들이 있는 것 같은데 왜 요양병원으로 오셨을꼬."

"아 안녕하세요."
엉덩이를 의자에서 살짝 띄우고 어색한 인사를 건넸다.
이모님은 늘 하던 일인 듯 물병을 놓고 물에 적당히 젖은 수건을 꺼내 할머니 등을 닦아내기 시작했다. 손길에 깨어날 법도 한데 할머니는 여전히 주무셨다.
분주한 손길과 입은 따로 제각기 할 일을 한다는 듯 이모님은 말을 이어 나갔다.

"여기 오면 어르신들 금방 상태가 악화되는데. 이 할머니도 처음 들어오실 땐 글쎄 이런 상황까진 아니었잖아. 자식들이 바빠서 그러는지 잘 찾아오지도 않아~ 보고 있으면 내가 안타까울 때가 있다니깐?"

"아… 그런가요? 언제 들어오셨는데요?"

"아마 한 석 달 다 되어 가지? 근데 할머니 상황이 오늘하고 내일하고 또 달라. 아무래도 매일 병실에 누워 있기만 하니까 좋아질 수가 없지."

등을 닦던 손은 웃옷을 내리고 엉덩이 쪽으로 향한 다음 다시 닦아 내기 시작했다.
반쯤 나온 엉덩이는 뼈가 보일 정도로 앙상하게 말라 있었다. 생기라고는 찾아볼 수 없을 만큼 살가죽이 퍽퍽한 느낌이었다.

"여기 할머니도 치매?"

"네. 시누이가 모셨는데 상황이 여의치 않아서 오게 되셨어요."

"자기가 좀 돌봐 드리지 그래? 할머님도 여기보단 훨씬 나으실 텐데."

"어머님이 한사코 저희 집은 안 오신다 그러시네요."

"며느리 눈칫밥이 편하진 않지~"

말하는 것에 거침이 없는 오지랖 넓은 이모님은 수건을 뒤집어 손 위에서 다시 개었다.
대화를 이어 가다 보니 시누이가 노란 가방에 짐을 가득 들고 병실에 들어왔다.
나를 보더니 눈길을 거두고 짐을 풀기 시작했다.

"형님 오셨어요?"

대답은 하지 않았다.

냉랭한 우리를 슬쩍 본 이모님은 또 오지랖을 부리듯 말을 얹었다.

"아이고 시누이인가? 과묵한 편인가 벼~?"

능글대는 말투의 이모를 홱 돌아서 말없이 쳐다본 시누이는 다시 짐 풀기에 열중했다.

이모님은 시누이의 눈빛에도 타격을 입지 않았던 건지 말을 이어갔다.

"과묵한 것 맞네 맞어~ 사람이 매사 화가 저리 많으면 몸에 안 좋다고 의사가 그러던데
어째스까이~"

"저기요."

병실에 들어서면서부터 한마디도 하지 않던 시누이가 입을 쩍 벌리고 쨍한 말투로 쏘아붙였다.

"잉. 왜 그래?"

"남의 일에 참견 마시고 하시던 일이나 잘 하세요."

"참견하는 게 아니고~"

"됐구요. 신경 끄시라구요."

시누이는 제법 신경질적이었다.
타격을 전혀 입지 않는 이모님이나 매우 신경질적인 시누이나 보고 있자니 그 모습에 나도 모르게 웃음이 픽 나왔다.
이모님은 그런 나를 힐끗 보더니 입가에 웃음을 띠고 휴대폰으로 시선을 옮겼다.
시누이는 기가 차다는 듯 '허-' 하는 헛웃음을 내더니 풀고 있던 짐을 테이블에 쾅 내려놓았다.

"나연이 엄마. 여기 놀러 왔나?"

시누이의 화는 나에게 날카롭게 꽂혀 들었다.
미간을 잔뜩 찌푸리고 나에게 정리하라는 듯 가방을 그대로 둔 채 병실을 나가 버렸다.
휴대폰을 응시하고 있던 이모는 돋보기 안경을 콧등 밑으로 내리고는 나가는 뒷모습을 쳐다보았다.

"시누이?"

"네."

"성질머리가 대단하네. 새댁이도 시집살이 보통 하는 게 아닌갑다. 얼굴에 성질이 드글드글 붙었네.
할머니가 왜 여기로 오셨는지 안 봐도 뻔~하다."

고개를 좌우로 두어 번 휘젓더니 코끝에 걸쳐져 있는 안경을 다시 원위치 시켜 놓았다.
짐작건대 이모님의 내공은 보통 사람의 수준이 아닌 것 같다.
한 수 배워 보고 싶다는 생각까지 들었다.
그 이후로도 이모님과는 이런저런 이야기를 한참 나누었다.
시간이 얼마나 지났을까 어머니가 잠에서 깨어나셨다.
타이밍 좋게 시누이가 병실로 다시 들어왔다.
베이지색의 외투를 벗어 의자 위에 올려 두고는 어머니에게 다가와 말을 건넸다.
하지만 어머니는 손에 붙은 테이프와 링거줄이 거슬리시는지 손으로 뜯어내려 손을 허공에 휘저었다.

"엄마. 이거 뜯으면 안 된단다."

허공에 휘젓는 손을 잡고 침대 방향으로 눌러 내렸다.
그러자 어머니가 시누이를 쳐다보셨다.

"누고?"

시누이는 익숙한 듯 대답을 하며 손을 눌리고 반대 손으로 이불을 목 밑까지 끌어올렸다.

"누구긴 엄마 딸이지."

"누고?"

어머니의 물음에 대답을 하지 않은 채 시누이는 이불을 다시 한번 여몄다.
힘으로 팔을 뺄 수 없었던 어머니는 그저 고개만 이리 저리 돌리며 주변을 살피셨다.
의자에서 엉덩이를 띠고 어머니에게 눈을 맞추었다.

"어머니 저 왔어요."

"애미 왔나? 이 여자 누고?"

"어머니 형님이다입니꺼. 어머니 따님이요."

싱긋 웃어 보였다. 마치 낯선 사람에게 위협이라도 당하는 듯 어머니의 눈빛엔 두려움이 서려 있었다. 나를 알아보는 어머니에게 서운함을 느낀 건지 시누이는 괜히 투덜거렸다.

"실컷 돌봐 줏던 딸래미는 기억도 못하는 할마시."

"애미야. 이 여자 좀 떼어 놔도고. 자꾸 막 눌려서 팔이 아프다."

어떻게 된 일인지 오늘은 시누이를 전혀 알아보지 못하셨다.
평소에는 알려 드리면 빤히 보시다가 알아보곤 하셨는데 오늘은 그러지 못했다.

집에 돌아와 겉옷을 벗고 있는데 휴대폰에서 벨소리가 요란하게 울렸다.
큰딸에게 온 전화였다.
반대 팔을 마저 빼고 통화 버튼을 옆으로 쓱 밀어냈다.
아이는 이런저런 평소와 다름없는 일상을 공유했다.
큰아이의 전화가 끊어지고 약속이라도 한 듯 작은아이도 전화가 왔다.
딸이 둘이라 하루 종일 심심할 겨를이 없는데 주변에서는 다들 그 사실을 부러워했다.

딸이 있는 엄마도 자기 딸은 이리 싹싹하지 않다고 딸의 험담을 늘어놓기도 했다.

물론 그 험담에는 애정이 가득 담겨 있었다.

요즘은 동네 아주머니들과 담소를 나누는 시간도 늘었다.

동네 큰 나무 밑에는 성인이 5명은 충분히 앉을 수 있는 평상이 큼지막하게 놓여 있는데

모두들 약속이라도 한 듯 모여 음식도 나눠 먹고 저녁 반찬거리 손질도 같이 했다.

시누이가 가끔 지나가면 서로 인사를 나누곤 했는데 꼭 한마디씩 거드는 아주머니들이 계셨다.

동네에서도 까칠하기로 소문이 난 시누이는 평판이 좋지 않았다.

나에게뿐만 아니라 다른 누군에게도 항상 투덜거리면서 말을 던지는 시누이를 좋게 볼 사람은 없었다. 그중에서도 윤이 엄마는 유독 시누이를 싫어했다.

시금치를 텃밭에서 소쿠리 가득 담아 와 손질하던 윤이 엄마는 혀를 끌끌 찼다.

"나연이 엄마야. 나는 느그 시누이가 그래 정이 안 가데."

옆에 앉아 있던 다른 아주머니도 시금치를 손질하는 손은 분주히 움직이면서 말을 거들었다.

"아이고. 저거를 누가 좋다카노. 승질머리 봐 봐라. 아이구야"
"느그 시누이 니한테 요즘도 심하게 하제?"

"뭐 그런 게 하루이틀이가 그냥 그러려니 하는 거지 이젠."

시누이의 이야기로 동네 여자들은 시금치 한 소쿠리를 순식간에 손질해 냈다.
해가 저물어 가고 하늘색이 예쁘게 물이 들었다.
바람도 살랑살랑 불어오는 것이 기분이 괜찮았다.
요즘은 병원으로 가 어머님을 돌봐 드리고 돌아와서 습관처럼 하는 일이 생겼다.
하얀 스케치북에 그림을 그리는 일인데 꽤나 재미났다.
잘 그리지는 못해도 크레파스, 물감, 파스텔 등으로 내가 상상하는 것들을 그려 나갔다.

커다란 바위에 파도가 치는 바닷가 그림.
새가 드넓은 하늘을 자유로이 날아다니는 그림.
어릴 적 엄마와 거닐었던 꽃이 만발한 철길.
어느새 그려 나간 그림이 꽤나 장수를 채웠다.

거실 구석에 작은 밥상을 펴놓고 나만의 화실을 만들었다.
비싸거나 좋은 재료들은 아니었지만 나의 마음을 그리는 일에는 전혀 부족하지 않았다.

오늘은 아까 본 노을이 물든 하늘을 그려 보기로 하고 파스텔을 밥상 위에 펼쳐 놓았다.

유독 짧아진 하늘색의 파스텔을 보니 내가 평소 하늘색을 주로 사용했나 싶었다.

그려 뒀던 그림들을 하나씩 쳐다보았다.

하늘이나 바다를 자주 그리다 보니 파란 계열의 색깔이 많이 사용이 되었다.

그냥 그런 내 모습이 상상이 가서 픽 웃음이 나왔다.

짧아진 파란 계열의 파스텔 대신 오늘은 주황색을 손에 쥐었다.

하얀 종이에 주황색 파스텔을 문지르고 빨간색도 문질렀다.

여러가지 색깔이 조화롭게 이루어져 하얀 종이를 덮었다. 휴지로 슥 문지르고 보니

색감이 한층 더 우아했다. 짙은 색으로 앙상한 나뭇가지를 표현하고 작은 새 한 마리도 그렸다.

혼자 있는 것이 조금 외로워 보이는 듯해서 그 옆에 한 마리를 더 그려 넣어 줬다.

내 손끝에도 노을이 물들었다.

그림을 그리고 난 후면 아이들에게 사진을 찍어서 꼭 전송했다.

하나의 절차 같은 느낌이다.

그러면 답장이 빠른 작은아이가 연락이 온다.

그림이 너무 좋다고 우리 엄마 미술 전시회 열어도 되겠다며 호들갑을 떨어 주는데
그런 반응이 좋아서 매번 보내는 것 같다.
큰 아이는 항상 문자 답장이 늦는데 늦게라도 답장은 온다

[오 잘 그렸네. 최고야.]

작은아이보다는 반응이 재미없긴 하지만 저게 아이의 칭찬 표현 방법이라는 것을 잘 알기에
짧은 답장을 보내고 휴대폰을 내려놓는 것으로 그림 그리는 일과가 마무리된다.

[땡큐.]

띠리링 -

휴대폰 알람 소리가 울렸다.
내려 뒀던 휴대폰을 다시 집어 올려 액정을 쳐다보았다.

[아 엄마. 다음번엔 나를 그려 줘.]

큰아이였다.
항상 칭찬 문자만 보내더니 오늘은 웬일인지 주문을 넣었다.
나 혼자 킥킥 웃으며 느리지만 답장을 보냈다.

[예쁜 딸래미 얼굴을 봐야 그리지.]

재빠르게 답장이 왔다.

[이번 주말에 갈게.]

휴대폰을 내려 두고 머릿속엔 주말에 무슨 음식을 해야 아이들이 잘 먹을지에 대한 고민이
재빠르게 휘저었다.
아이들의 문자 몇 통에 오늘 하루는 꽤 기분 좋게 마무리가 될 것 같다.

하얀 안개가 가득 낀 낯선 공간을 걸어 다녔다.
무엇을 찾아 다닌다는 것보다는 마냥 걸어야 할 것 같아서 걸었다.
끝도 보이지 않고 주변도 안개에 가려 얼마큼 넓은 공간인지 가늠이 되지 않는다.
그런 기분 나쁜 공간에서 걷고 있는데 이상한 것이 걸으면 걸을

수록 나쁘지 않는 듯한 느낌을 받았다. 얼마나 걸었을까 안개를 뚫고 누군가의 형상이 보였다.
형상만 보아도 옷이 예쁘다는 것을 알 수 있을 만큼 기분이 좋아졌다.
다가가기 위해 조금 더 빠르게 발걸음을 재촉했다.
어느덧 안개가 걷히며 형상만 보이던 누군가의 얼굴이 선명하게 눈에 들어왔다.
아주 젊고 예쁜 선녀였다.
하늘 거리는 옷을 입고 서있는 그 여자는 바람 한 점 불지 않는 이 이상한 공간에서도
옷을 휘날리며 나를 보고 미소를 띄고 있었다.
다소곳이 서 있는 모습에 소름이 돋았다.
처음 보는 얼굴이지만 처음 만나는 것 같은 기분이 들지 않았다.
상냥한 미소를 가진 젊은 여자는 나보다도 훨씬 젊어 보였다.

- 미숙아

공간을 가득 채울만큼 목소리가 울렸다.
심장이 쿵 내려앉는 기분이었다. 저 처음 보는 여자가 우리 엄마 같았기 때문에.
목이 메여 와서 목소리가 나오지 않았다.

"어… 어… 엄"

- 미숙아 사는 것이 고단했제?

코가 찡해 오면서 눈물이 울컥 차올랐다.

인자한 인상의 그 여자. 아니 엄마는 내 손을 잡았다. 그러고는 가슴까지의 높이로 올리고는
내 손 위에 동그랗고 작은 보라색 빛이 감도는 보석을 올려 주었다.
보드라운 두손으로 내 손을 감싸 쥐면서 다시 웅장한 목소리가 공간을 가득 채웠다.
꼭 동굴에 있는 느낌이었다.

- 미숙아. 살면서 힘이 들 때는 엄마가 곁에 있다는 것 잊지 말아래이.
불쌍한 내 새끼.

포근한 손길이 느껴졌다. 하염없이 나의 머리와 얼굴을 쓰다듬는 그 손길이 사라지지 않길 바랐다. 나를 쳐다보는 엄마의 눈은 깊은 슬픔이 어려 있었다.
장면이 안갯속에 사라지듯 흐려지며 눈을 떴다.
베개가 다 젖을 정도로 울었나 보다. 아직도 얼굴에는 눈물이 범

벽이었다.
바로 오른손을 들어 내려다보았다. 역시나 아무것도 있진 않았다.
우리 엄마. 내 엄마.
엄마를 꿈에서 본 이후로는 잠에서 깬 새벽 내내 다시 잠에 들 수가 없었다.
뒤척거리는 동안 아침 해가 떠올랐다.
아침 일찍부터 전화가 울렸다.
요란한 벨소리에 남편이 짜증스런 신음을 내고 이불을 머리끝까지 덮고 다시 잠을 청했다.
시누이의 전화였다.
"여보세요?"

"느그 아직 자나? 팔자 좋네. 프뜩 집으로 오니라."

시누이의 목소리는 꽤나 무거웠다. 시어머니에게 문제가 생긴 건가 싶어 얼른 자리에서 일어났다.
다시 잠을 청하는 신랑의 어깨를 흔들었다.
짜증스런 신음을 다시 내뱉고는 미간을 잔뜩 찌푸린 채 눈을 떴다.

"형님이 빨리 넘어와 보라시네. 나연이 아빠 일어나 봐라."

"와?"

목소리에는 여전히 짜증이 묻어 있었다.
서둘러 옷을 걸쳐 입고 집으로 향했다. 열려 있는 현관문 틈으로 분주한 시누이가 눈에 들어왔다.
검은 가방에 이것 저것 챙기고는 신발장 쪽으로 나오면서 우리 부부와 눈이 마주쳤다.
인사는커녕 시누이는 앙칼진 목소리로 대뜸 화를 냈다.

"너거는 엄마 저래 있는데 잠이 오나."

"아침부터 뭔 소린교."

짜증스런 말투에 신랑도 기분이 언짢았는지 톡 쏘는 말투로 대꾸했다.
매일 찾아가 병수발을 들고 있는 것을 알 텐데도 시누이는 무엇 때문인지 화가 잔뜩 나 있었다.
남편의 말에 대꾸 대신 시누이는 검은 가방을 남편에게 던지듯이 안겨 주었다.
서로 예민한 상태에서 누구라도 톡 건들면 터질 것 같은 분위기에 나는 아무 말도 못하고
두 사람을 뒤따라 대문 밖으로 나섰다.
병원으로 가는 차 안에서 시누이는 꾹 다물고 있던 입을 열었다.

"니는 엄마 병원에서 자면서 좀 챙기고 해야 안 되나? 매일 간다고 케어가 되나?
니 느그 아부지였어도 그라고 밤에 집에 가서 잠이나 퍼질러 잘 끼가?"

운전대를 부드럽게 돌리며 골목을 빠져나가던 남편이 언성을 크게 높이며 버럭했다.
순간 차가 급정거 하는 바람에 몸이 앞으로 쏠렸다가 뒤로 튕기듯이 제자리를 찾아갔다.

"아침부터 뭐가 그래 불만이고."

시누이도 남편의 말과 행동에 놀랐는지 잠시간 정적이 흘렀다가 속사포처럼 말을 쏟아 냈다.
가만히 들어 보니 내가 어머니의 병실에서 상주하며 병간호하지 않는 것에 불만을 가졌던 것 같다. 시어머니의 병환이 날이 갈수록 나빠지고 있는 탓에 예민해진 것인지 그 불안은 화가 되어 나에게 고스란히 날아왔다.
앙칼진 시누이의 목소리가 듣기 싫었던 건지 남편은 그때부터 말을 한마디도 하지 않고
운전에만 집중했다. 가는 동안 차 안은 시누이의 목소리만 가득 채워졌다.

심장이 두근거리기 시작했다.
쿵쾅거리는 소리가 옷을 뚫고 밖으로 들릴 것 같은 마음에 가슴을 주먹으로 쿵쿵 쳤다.
그 모습을 본 시누이는 더 길길이 날뛰었다.

"니 윗사람이 그 말 한마디 했다고 지금 보라고 가슴 쳤나? 어? 내가 이런 말도 못 하나?
맨날 엄마한테 잠시 갔다가 동네 아줌마들하고 히히덕거리는 거 내 모를 줄 아나?
입이 있으면 말을 좀 해 봐라."

"형님 제가 어째 하루 종일 병원에만 있습니꺼. 나연이 아빠 밥도 챙겨야 되고 또 제가 어머니를 안 챙겨 드리는 것도 아니고예… 그리 말씀하시면 저 서운합니다."

입술이 여리게 떨렸다.

"니도 고만해라."

남편은 다시 언성을 높였다. 아무래도 내가 자기 누나에게 할 말을 하는 건 또 못 보겠는 모양이다. 심장이 아까보다 더 빠르게 요동치고 손에는 땀이 흥건히 베어 나왔다.

바지에 손을 대고 문질렀다. 여러 번을 문질러도 계속 손은 땀에 젖어 마르지 않았다.

드르륵-

병실 문을 열고 시누이, 남편, 나 차례로 병실에 들어갔다.
어머니는 이제 깡마른 몸에 링거가 꼽힌 손만 전반적으로 퉁퉁 부어 있었다.
움직임도 거의 없으시고 눈만 천천히 움직이는 정도였다.
입은 바짝 말라서 하얗게 일어나 있는 모습을 보니 감정이 교차했다.
어제 자주 닦아 드리고 물을 입술에 적셔 드려도 금방 다시 메말라서 촉촉함을 잃은 지 오래되어 보였다. 어머니는 그런 입을 쩍 벌렸다.

"누고."

목소리는 힘이 거의 느껴지지 않을 만큼 작고 가늘었다.
시누이가 먼저 다가가 가방을 의자 위에 올려 두고 어머니를 내려다보았다.
남편은 그런 어머니 곁에 가서 퉁퉁 부은 조심스레 손을 쓰다듬었다.
나는 아무도 알아보지 못하는 시어머니 곁으로 다가갔다.
조용히 거즈에 물을 묻히고 있는데 입이 많이 말랐던 건지 입을 간신히 벌렸다.
건강하셨을 적 워낙 깔끔하신 성정이셔서 많이 찝찝하셨던 걸까.
입안을 거즈로 닦고 입술을 닦는 동안 별 저항 없이 동공은 내 얼굴을 응시한 채
가만히 계셨다. 시누이와 남편은 의사 면담을 하러 갔고 나는 수건을 따뜻한 물에 적셔와 어머니 몸을 닦아 내렸다. 힘없이 뜨고 있는 눈, 푸석한 피부, 뼈가 도드라질 정도로 깡말라 버린 어머니를 보고 있자니 돌아가신 아버지가 떠올랐다.
한동안 울렁이는 감정을 고스란히 받아드리며 어머니의 팔을 닦고 있는데 요양보호사 이모님이 말을 걸었다.

"아이고 내가 아까 닦아 드렸는데 며느님이 또 닦아 주시네."

"원채 깔끔하셨던 분이라서요. 이모님 간밤에는 별일 없으셨어요?"

"응 할머니가 예전하고 달라서 요즘은 잠만 주무신다이가. 욕창 안 생기구로 내가 요리 조리 자세도 바꿔 가면서 잘 봐 드리고 있다."

"잘 돌봐 주셔서 항상 감사해요."

"이기 내가 할 일인데 뭐시 고맙노."

물을 한 모금 들이키시며 싱긋이 웃으셨다.
자주 만나 뵙다 보니 이모님하고도 어느새 좀 친해졌다. 간혹 둘이 보호자용 의자에 앉아
이야기를 나누곤 했는데 이번에 장가간 아들이 손주를 낳아서 너무 좋다며 사진을 보여 주시기도 했다. 사진 속에는 아이를 안고 누워 있는 젊은 산모가 퉁퉁 부은 얼굴로 싱긋 웃고 있었는데 내 눈에는 그 옆을 걱정스런 표정으로 바라보고 있는 친정 어머니가 눈에 쏙 들어왔다.
세상에서 가장 소중한 사람과의 첫만남 곁에 나를 세상에서 가장 소중히 여겨 주는 사람이 있다는 것이 얼마나 값진 일일까.
새삼 일면식도 없는 젊은 산모가 부러웠다. 그 사진을 보는데 내가 괜스레 흐뭇하면서도 찡한 마음이 들었다.

주말이 다가왔다.
아침부터 나는 주방에서 분주히 움직였다.
싱크대에선 물이 떨어지는 소리.
그릇들이 달그락거리는 소리.
냄비에선 국물이 보글보글 끓는 소리.
밥솥에선 밥이 지어지는 고소한 소리.

오랜만에 딸을 보는 날이라 새벽 일찍부터 음식을 하는데도 콧노래가 흥얼거려진다.
아이 내외가 도착하려면 아직도 3시간은 족히 남았는데도 가만히 앉아 있을 수가 없어서
이것저것 준비를 했다. 과일도 미리 씻어 두고 아이가 가져갈 반찬들도
유리 반찬통에 가지런히 보기 좋게 담아 뒀다. 둘째 아이도 주말이라 바쁠 법한데 약속도 잡지 않고 언니와 형부를 기다리며 할 일을 거들었다.
가지 않을 것 같은 시간은 내와 아이가 분주히 움직이는 사이 부지런히 흘러 있었다.
남편도 내심 아이들이 빨리 오기를 기다렸는지 어디쯤 왔는지 전화를 해 보라며
나에게 재촉하기도 했다.

아이들이 찾아왔다.
시집을 가고 나서 행복한지 아이의 얼굴에 광이 나 뵈었다.
사위도 싱글벙글 사람 좋은 웃음을 짓고 들어오는데 엄마인 내가 봐도 잘 어울리는 한 쌍이었다.
만나도 늘 평범하고 똑같은 일상들을 보내다 돌아가지만 어쩜 그 똑같은 일상도 그리 신이 나고 행복한지 이런 것이 친정 엄마의 마음이고 기다림인가 싶다.

밥을 먹고 아이들과 어머니를 뵈러 다녀왔다.

아이는 많이 쇠약해진 할머니를 보고 마음이 안 좋은 것인지 표정이 좋지 않았다.

인사를 하고 나와 집으로 가는 길에 딸아이들은 곁으로 슬쩍 다가와 걸음을 맞춰 같이 걸었다.

남편과 사위는 먼저 저만치 걸어가고 우리와 간격이 멀어질 즈음에 딸아이가 말을 건넸다.

"엄마."

"응?"

"할머니한테 매일 가나?"

"응 그렇지~ 왜? 할머니 보고 나니 마음이 많이 쓰이나?"

"응. 엄마가 고생하는 것 같아서 마음이 좋지 않네."

생각지도 못한 대답에 나는 고개를 돌려 딸아이의 얼굴을 쳐다보았다.

앞만 응시하며 걸어가던 딸아이는 다시 말을 이어 갔다.

"엄마. 누구도 엄마한테 뭐라 못한다. 고모 눈치도 그만 보고 엄마 하고 싶은 대로 하고 살아라.
맛있는 것도 사 먹으러 다니고 예쁜 옷도 좀 사다 입고."

"그래 그래. 우리 딸 언제 이만큼 커 가지고 엄마 걱정을 다 하고 있을꼬"

"니도 언니가 옆에 없으니까 엄마 잘 챙기고."

"알았다 언니야."

작았던 아이가 어느새 이만큼 커서 엄마 걱정을 하는지 그 모습을 보고 있으니 입밖으로 웃음이 터져 나왔다. 그런 나와는 반대로 아이는 전혀 웃음기가 얼굴에 돌지 않았다.
어릴 적부터 시댁 식구들과는 마음을 주고받지 않는 아이 입장에서는
할머니보다는 제 엄마가 더 마음에 걸렸을지도 모르겠다.

아이와의 달콤한 시간은 빠르게도 흘러갔다.
멀리 사는 것도 아닌데 항상 집으로 돌아갈 때는 아쉬움이 남는지 모르겠다.
챙겨 줄 것이 더 없는지 한번 더 확인을 했다.

양손 가득 반찬을 들고 사위는 해맑게 웃어 보이며 인사를 했다.
딸아이의 얼굴엔 웃음 뒤에 걱정이 다소 그늘져 있었다. 그런 아이의 마음을 안다는 듯 나는
고개를 끄덕이며 손을 흔들어 주었다.
나의 행복이 탄 흰색 SUV 차량은 유유히 골목길을 빠져나가 자취를 감췄다.

주말이 지나고 나의 일상은 다시 돌아와 평범한 시간을 보내기도 잠시
시어머니는 길지도 짧지도 않은 시간을 힘겹게 보내시고 긴 여행을 떠나셨다.
병실에는 시어머니의 힘겹던 숨소리 대신 시누이의 울음소리로 가득 메워졌다.
조카도 소식을 듣고 달려와 제 엄마 옆에서 소리 내어 엉엉 울었다.
남편은 뒤돌아서 조용히 얼굴에 흐르는 무언가를 훔쳐 내기를 반복했다.
어머니의 푸석하고 주름진 얼굴 위로 흰 천이 덮어지고 의사는 시간을 읊조렸다.
한 사람의 삶이 이 지구 어느 곳에서 조용히 매듭을 지었다.
나 역시 수많은 감정이 내 안에서 느리고 또 웅장하게 움틀 대었다.
수화기 너머로 소식을 전해 들은 아이들도 비슷한 시각에 빈소의

문턱을 밟고 들어왔다.

조카는 검은색 상복을 입고 곱슬머리 위로 흰 핀을 꽂고 할머니의 영정사진 앞에 앉아 하염없이 울었다. 할머니와 오랜 시간을 보내며 살아온 조카는 할머니의 죽음을 쉽게 받아들이지 못하는 듯했다. 한참을 울고 조금 진정하는 듯하다가 또 울기를 반복했다.

집안의 어르신이 떠나자 각지 먼 곳에서 사는 모든 친척 어르신들이 하나 둘 모였다.

영정사진 앞에 앉아 대성통곡을 하시는 서울 사시는 고모님.

육개장에 소주를 나눠 마시며 이런저런 이야기를 하시는 남자 어르신들.

아이를 데리고 온 친척 조카들. 울음소리만 고요히 들리던 장례식장은 점점 사람들의 소리로 뒤덮이기 시작했다.

나의 두 딸도 서둘러 검은색의 상복을 갈아 입었다.

작은아이가 영정을 아무 말 없이 바라보더니 울음이 터졌다.

큰아이는 스스로 할 일을 찾아서 분주히 움직였다.

3일이 어찌 지나갔는지 모를 만큼 정신이 없었다. 3일을 보호자 대기실이라는 팻말이 붙은 장례식 구석에 작게 마련되어 있는 곳에서 여럿이 교대로 쪽잠을 자며 모두가 같은 마음으로 할머니의 마지막 가시는 길을 묵묵히 지켰다.

아이들은 틈틈이 아빠를 위로하기도 했다. 감정을 잘 드러내지 않는 남편이기에 딸들에게

어깨를 툭툭 두드리며 괜찮다는 몸짓을 했다.

3일째 아침 해가 떠올랐다.

가족들이 타고 갈 버스가 장례식 주차장에서 문을 열어 두고 주차가 되어 있었다.

그리고 어머니의 관이 검은색 긴 리무진에 올랐다.

차를 타고 어머니가 생전 지내고 다니셨던 곳들을 천천히 돌았다.

그제서야 큰아이가 조용히 뒷좌석에 앉아 눈물을 훔쳤다.

집 마당으로 들어서 쓰시던 밥그릇을 바닥에 던졌다. 보통은 한번에 깨지는 유리 그릇이

두 번 세 번을 던져도 둔탁한 소리만 내고 깨지지 않았다.

그 모습을 본 조카는 할머니가 떠나고 싶어 하지 않는 것 같다며 다시 울음을 터뜨렸다.

하늘은 먹구름이 잔뜩 엉켜 어느새 비가 한 방울씩 떨어졌다.

모든 절차가 끝이 나고 화장터 직원에게 오만 원권을 건네는 고모부가 눈에 들어왔다.

그 오만 원은 조용히 잠든 관 위에 올려졌고 곧 무거운 무쇠 뚜껑이 묵직한 소리를 내며 굳게 닫혔다. 어머니의 관은 뜨거운 화마가 집어 삼켰다. 그리고 작은 흰 항아리 단지가 남편의 품에 안겨졌다.

집안은 폭풍우가 휘몰아치고 지나간 듯 고요해졌다.

식당 입구는 잠시간 휴무라는 문구가 적힌 종이가 붙어 있고 시누이는 마음의 병으로 한동안 앓아 누웠다. 시간은 속절없이 흘러갔

고 우리 모두는 슬픔을 묻어 두고 일상을 되찾아갔다.

한동안 잠잠하던 시누이가 별안간 별 것 아닌 트집들을 잡으며 고된 시집살이가 다시 시작되었다.

시집살이의 큰 이유는 어머니가 병상에 계실 때 며느리인 내가 최선을 다해 간호하지 않았다는 불만에서 비롯되었다.

매사 하나하나 꼬투리를 잡고 사람을 잡아먹지 못해 안달이 난 것처럼 굴었다.

아침부터 전화해서 호출은 물론 식당 일이며 시누이의 개인 뒤치다꺼리까지 어머니가 살아 계실 때보다도 그 행패는 훨씬 더 심해졌다.

그러자 조카까지 가세해 나를 무시하는 일이 잦아졌다.

어릴 적부터 부모님 아래서 자라지 못한 나는 비록 많은 것을 배우고 자라진 못했을 거다.

그래서 부족함이 많은 엄마이자 아내이자 며느리라 자위를 하며 그 긴 시간을 견디고 또 견뎌 왔다. 내 아이들만큼은 온전한 부모 밑에서 사랑받고 자라나길 바라는 마음 딱 하나였다.

그런 내 생각이 잘못되었던 걸까.

아무리 노력하고 참아 보아도 끝이 보이지 않는 이 삶에 회한이 들었다.

어머니가 아픈 날부터 좋아지던 심장은 튀어나올 듯이 뛰기 시작하고 공황 증상에

일상생활이 어려워졌다. 대도시가 아닌 동네였기 때문에 병원을

가기도 녹록치 않았다.

애들 아빠도 어느 정도 상황을 인지하고 있는 듯했다.

조카가 버릇없이 구는 일이 생기면 호통을 쳤다. 그러나 조카는 전혀 삼촌의 말도 들을 생각이 없다는 듯이 날뛰었다.

늘 옆에서 지켜보던 작은 딸아이가 어느 날 조카와 싸움이 붙었다. 억눌린 시간 속에서도 곧게 자란 아이는 고모와 조카에게 할말을 똑 부러지게 했다.

그러자 어린 년이 어른들 일에 끼어든다며 조카가 머리를 휘어잡았다.

순식간에 아이와 조카가 머리채를 잡고 뒤엉켰다.

시누이와 나는 뒤엉킨 아이들을 뜯어말렸다. 두 아이 손에는 머리카락이 한 움큼 쥐어져 있었다.

분이 풀리지 않는지 서로 씩씩거리는데 헝클어진 머리카락을 손으로 쓸어내리고 있는 작은아이에게 다가와 시누이가 뺨을 올려붙였다.

"이 시건방진 년이 누구 머리채를 휘어잡노. 어?"

격앙된 시누이는 바락바락 소리를 질렀다.

고개가 돌아갈 정도로 뺨을 세게 맞은 딸아이는 눈에 눈물이 고인 채 고모를 노려보았다.

"저 봐라. 애미가 저러니 애새끼도 눈깔이 저렇지. 어디 어른한테 눈까리를 그 따위로 뜨노?"

"그러는 고모는 언니를 잘 키워서 어른한테 저러나?"

한번도 이런 적 없던 아이는 처음으로 고모에게 큰소리를 냈다.

"뭐라고?"

아이에게 한 발자국 더 다가서는 시누이를 보자 이성의 끈이 끊어지는 듯했다.
나에게는 뭐라 하든 참고 살 수 있었다. 지금까지 그렇게 살아왔고.
그러나 누구보다 소중하고 귀하게 키워 온 내 딸아이에게 저리 대하는 모습을 보니
못난 엄마라 내 아이들까지 이런 취급을 받고 살겠다 생각이 들었다.
아이의 앞을 가로막고 섰다.
시누이는 비키라는 듯이 나를 힘껏 밀쳤다.

"형님. 나은이가 틀린 말 했습니꺼! 왜 애를 때리고 그라십니꺼 왜!!!"

나는 양손을 밑으로 쭉 뻗으며 단전에 힘을 주고 최대한 악을 질렀다.
마음속에서 뭔가 움틀대다 터져 나오기 시작했다.

"제가 지금까지 시집와서 뭘 못하고 살았어예. 형님. 나연이 아빠 저래 바람 피우고 때리고예.
저 시집살이 호되게 했습니다. 뭘 제가 그리 못하고 살았다고 이래까지 하시는데예.
그라면 정이는 저한테 하는 짓은 어른한테 다 해도 되는 짓입니꺼? 애 교육 똑바로 시켜라. 이거 해라 저거 해라. 사람 무시하는 거는 말도 못 합니다. 형님은 그거 알고 정이 한번 혼낸 적은 있으세요? 왜 자꾸 불쌍한 내 새끼들보고만 그랍니꺼!!
저 이제 어머니도 돌아가신 마당에 못 하겠습니다. 형님 못 보고 살겠어요. 화병으로 내 새끼들 오래 보지도 못하고 먼저 가겠다 싶으니까 이제 정신이 번쩍 드네예."

"니가 이제 미쳤네. 엄마 돌아가시고 나니까 눈깔이에 보이는 기 없나? 니 말 잘했다.
도대체 우리가 니한테 뭘 했다고 그래 억울해하노? 느그 잘 살라고 잔소리 좀 한 게 그래 한이 맺히드나? 아이구야~ 어디 겁나서 니한테는 무슨 말 한마디도 못 하겠다."

"예. 저 미쳤습니더. 이라고 사는데 안 미칠 사람이 또 어디 있습니까?
저요. 어머니 병간호 형님보다 더 자주 찾아 뵈면서 할 만큼 했다고 생각하고요.
나연이 아부지랑 사는 내도록도 지옥이었습니다. 내 새끼들 엄마 없이 크는 설움 누구보다 제가 잘 알기 때문에 참고 또 참고 살았어요. 그래서 집도 한 채 샀고요. 도대체 뭘 잘못하고 살았는지 모르겠습니다. 저 오늘부로 형님 안 보고 살 낍니더. 나연이 아빠가 반대하면 나연이 아빠랑도 이혼할 거고예. 그리고 정이 니 똑바로 들어라. 숙모가 바보라서 이때까지 할 말 참고 살았던 거 아니데이. 니도 훗날 시집가면 한 아이의 엄마가 될 사람인데 심보 그래 쓰고 살지 마라.
그거 다 업보로 돌아온다. 알았나? 가자 나은아."

"그래 니 잘났다. 동네사람들 이것 좀 보소. 즈그 잘 살라고 한마디 했다가 이래 퍼붓고 가는 것 좀 보소. 아이고야 세상 겁나서 우예 말 한마디라도 해 보겠노."

나에게 들으라고 크게 소리 지르는 시누이를 등 뒤로 나은이 손을 잡고 대문을 빠져나왔다.
아이는 이런 내 모습을 처음 본 것인지 어쩌면 아빠와 크게 싸울 것이 두려웠는지
아무 말도 하지 못하고 내 손에 이끌려 얌전히 걸어왔다.
현관문을 쾅 열고 들어간 집에는 거실에 남편이 티비를 보고 있었다.

"나은아. 엄마 아빠 이야기 좀 하구로 니 방에 잠시 들어가 있으래이."

"엄마… 싸우지 마래이…"

"엄마 아빠 안 싸운다. 걱정하지 말고 들어가 있으라."

"응…"

아이는 걱정이 되는지 금방 방에 들어가지 못하고 발걸음을 느리게 끌며 뒤를 여러 번 보았다.

"내랑 이야기 좀 하자."

"와?"

"내 지금까지 니랑 살면서 최선을 다하고 살았다. 니도 알다시피 내 시집살이도 독하게 했고
나연이도 시집 보냈고. 어머니도 돌아가셨고. 내 이제 니랑도 안 살고 싶다."

"갑자기 뭐라 하노?"

남편은 티비를 끄고 상체를 일으켜 앉으며 상당히 불편하다는 표정으로 나를 보며 앉았다.

"형님한테도 방금 말하고 오는 길이다. 이제 등신같이 안 살라고. 내 형님 안 보고 사는 게 불만이면 갈라서자. 나는 니한테도 아무 미련 없다.
니 내 심장병 있는 거는 알고 있나? 모르겠지. 니밖에 모르는 인간이니깐.
의사가 내 이래 살면 죽는다 카드라. 심장이 터져서 죽는다드라."

"다짜고짜 와서 퍼붓지 말고 앞 뒤 설명을 해라."

미간을 잔뜩 찌푸리며 욕지거리를 뱉었다.

그러자 방에서 나온 둘째아이는 자신의 얼굴을 보란듯이 방문 앞에 섰다.
머리는 헝클어져 있고 볼은 빨갛게 부어 올라있었다.
그 모습을 본 남편은 자리에서 일어났다.

"아 얼굴이 와 저렇노."

"아빠. 내 오늘 정이 언니야랑 고모한테 맞았다. 하도 우리 엄마 무시하고 뭐라 해서
한마디 했더만 이래 하드라. 나는 우리 엄마 불쌍하다. 아빠는 안 불쌍하나?
내 여기 이사 온 꼬맹이 때부터 쭉 봐 온 거는 천날만날 엄마 고모한테 당하고 정이 그 가시나한테 당하고 말 한마디 못 하고 집에 와서 부엌에 앉아 가꼬 울고 있는 엄마 뒷모습이었다.
언니가 시집가면서 내한테 뭐라하고 간 줄 모르제. 엄마 좀 안 죽구로 잘 보살피라 하고 갔다.
이게 맞나? 나는 아빠가 엄마 의견 못 따라 준다고 하면 아빠도 안 볼란다.
제발. 제발. 주변 사람들 보지 말고 엄마 좀 봐라."

남편은 아이가 말하는 동안 담배를 꺼내 입에 물고 불을 붙였다.

라이터 불길에 닿은 담배의 끝은 불과 함께 뿌연 연기를 천장으로 쉬 없이 올려 보냈다.

그 자리에 주저앉아 얼굴을 가리고 울음을 터뜨리는 나은이를 보고 있자니

참아 왔던 눈물이 터져 나왔다.

집안은 설움에 복받친 울음소리와 남편의 깊은 한숨 소리. 그리고 뿌연 담배 연기만

존재감을 알리고 있었다.

연달아 담배를 태우던 남편은 전화기를 들었다.

어디론가 신호음이 몇 번 가더니 여자의 목소리가 들렸다.

조카였다.

"어 삼촌."

"니 느그 숙모한테 뭐라 했노?"

"내가 뭘? 왜 그새 가서 다 꼰바르더나?"

"야이 새끼야. 탁 차 직이 뻘라. 니 숙모한테 말이 그게 뭐고?"

전화기 너머로는 소리가 나에게까지 들릴 정도로 시끄러웠다.

아마 시누이가 건네받은 듯했다.

둘은 언성을 높이고 싸웠다. 항상 누나라는 이유로 우리에게 불합리한 요구를 할 때에도
군말 없이 받아들이곤 했는데 오늘은 다르게 살면서 처음으로 큰 소리를 내는 것 같다.
재떨이에 담배가 하나 둘 쌓여 갔다.
아마 눈치로는 어느 정도 알고 있었지만 설마 이 정도까지라고는 생각을 못했나 싶은 생각이 들었다.

"누나요. 마 고마 합시다. 누나도 그래 하는 거 아이요. 내 지금까지 살면서 누나한테 이래 한적 있든교. 애새끼가 어른 무서운지도 모르고 저래 날뛰는 동안 누나는 뭐했는교.
마 됐고. 좋은 기 좋다고 애들 엄마만 참으면 된다 생각하고 살았는데 내 생각이 틀렸네.
앞으로 우리 찾지 마소. 이혼을 해도 내가 하고 살아도 내가 살라니까 고마하자."

전화를 끊은 남편은 휴대폰을 바닥에 박살이 날 정도로 내동댕이 쳤다.
그러고는 집밖으로 나가 버렸다.
달이 밝고 사방이 온통 어둠이 내려 앉아도 남편은 들어올 생각을 하지 않았다.

시계는 새벽 2시를 가르치고 있었다.

햇빛에 눈이 저절로 떠졌다.
점심시간이 넘어가는 오후가 되어서야 대문을 열고 초췌해진 남편이 들어왔다.
나은이가 없는 집엔 나와 놈팽이 같았던 남편과 둘이 남았다.
남편은 아무 말 없이 벽에 기대어 눈을 감고 생각에 잠긴 듯해 보였다.
얘기가 나온 김에 오늘은 이야기를 끝내고 싶었다.
부엌에 가 먹다 남은 김치와 반찬을 작은 그릇에 옮겨 담았다.
소주도 두어 병 챙겼고 나는 소소하게 술상을 봤다.
내가 바닥에 술상을 툭 내려 놓자 벽에 기대어 있던 남편은 천천히 눈을 떴다.
미간에 자국이 남은 걸 보니 인상을 오랫동안 쓰고 있었던 듯하다.

나는 잠자코 소주를 투명한 잔에 두 잔 채웠다.
그러고는 소주를 목구멍에 털어 넣었다. 콧구멍으로 알코올 내가 확 풍겨 왔다.
먼저 소주를 털어 넣으니 신랑도 소주잔으로 손을 옮겼다.

"어제 어디갔드노?"

"………."

남편은 아무 말도 하지 않았다.

"나연이 아빠. 니가 봐도 내 인생 참 잘 살았제?"

역시나 남편은 아무 대답도 하지 않고 소주를 한잔 더 털어 넣었다. 그런 남편을 한동안 보다 소주잔으로 시선을 옮기고 잔을 만지작거렸다.
"나연이 아빠. 내 이 정도 참고 살았으면 이제는 내 하고 싶은 거 한 번은 하고 살아도 안 되겠나?
나는 니랑 살면서 일분 일초가 지옥 같았데이.
이제 애들도 다 컸고 내 좀 놔주면 안 되겠나?
내 좀 놔도. 나도 살고 싶다. 내 인생은 있제. 나는 있다이가? 내 인생이 단 한 번도 평탄하게 흘러온 적이 없다. 나도 나이를 점점 더 먹어 가는데 이래 살다가 나중에 내 죽을 때 되면 너무 후회될 것 같다. 지금까지는 니 마음대로 하고 살아 봤으니까 마지막 한 번은 내 마음대로 하게 해도."

나는 살기 위해 집밖으로 나왔다. 가슴이 답답해서 숨이 멎을 것만 같았다.

쨍한 해가 어느덧 산 뒤로 숨어들고 노을이 붉게 젖어 들었다.

논길을 따라 걸었다. 살랑 불어오는 바람에 풀들이 싸-아 하는 소리를 내며 흔들렸다.

가슴안에 든 큰 돌덩이를 내려놓고 나온 발걸음이 마냥 가볍지만은 않았다.

이게 시원한 건지 슬픈 건지 정확히 알 수 없는 묘한 감정 때문에 손끝이 저렸다.

날아가는 새나 붉게 물든 노을이나 길마다 서 있는 전봇대. 모두가 평화롭게만 보이는데

나만 이 세상이 힘겨운 걸까. 볼을 타고 눈물이 턱 끝에 대롱 매달렸다.

코를 연신 훌쩍이고 닦아 보아도 흘러나오는 것들을 막을 재간이 없었다.

고개를 숙이고 들어간 마트에서 소주 한 병을 샀다.

검은 봉지에 담은 소주를 들고 발이 닿는 대로 걷다 보니

집에서 조금 떨어진 뒤쪽 낮은 언덕에 다다랐다. 대충 평편한 곳에 엉덩이를 갖다 대고 앉았다. 초록색 병의 뚜껑은 경쾌한 소리를 내며 분리되었다.

작고 동그랗게 세공된 입구를 입에 가져다 대고 안에 든 쓴 것을 입에 부어 넣었다.

입안을 싹 돌고 목구멍으로 넘어가는 액체는 지나는 길을 뜨겁게 만들었다.

마을은 예뻤다.

논과 밭이 있고 집들이 아기자기하게 모여 있는 것이 꼭 그림 같았다.

저 그림 속에 내가 있고 우리 아이들이 있었는데 보이는 것처럼 남들처럼 평범하게만 살아 갈 수 있었다면 얼마나 좋았을까

마을과 하늘이 맞닿은 지점 즈음에 새가 날아가는 것이 보였다.

그 새를 바라보며 세공된 입구를 입에 다시 갖다 대었다.

목구멍으로 들이붓기 위해 고개를 쳐들었다.

어깨가 들썩이고 액체가 눈 옆을 타고 귀로 흘러내렸다.

어느덧 중년의 여성이 되어 버린 지금의 내가 첫 아이를 임신하면서 꼭 엄마의 자리를 오랫동안 지키겠다고 다짐했던 혼자만의 약속을 지켜 낸 나에게 조용히 위로를 건네 본다.

엄마를 믿고 잘 자라 준 착한 내 아이들도 성인이 되었고 내가 했던 것처럼

또 자신을 내어 주고 살아갈 아이들을 보면 가슴이 아픈 날이 분명 또 오겠지만

우리 엄마는 우리에게 해 주지 못했던 일. 아이들 곁에서 오래 있어 주는 일을 나는 할 수 있어서

죽지 않고 잘 버텨 왔다는 생각에 마음이 먹먹해졌다.

너무 오래전 일이라 얼굴은 떠오르지 않지만 꿈에 나타난 엄마의 모습은 그 어떤 사람보다도 아름다웠다. 그 옛날 우리를 두고 떠

날 때 차마 눈도 감지 못하고 갔을 엄마를 생각하니 마음이 사무치도록 아팠다. 그래서 꿈에 찾아오신 건 아닐까. 오른손을 꼭 쥐고 가슴에 갖다 댄 채 눈을 감았다.

"엄마. 저 이제는 행복하고 싶어요."

엄마께

하늘에 계신 꽃보다 예쁜 우리 엄마.
내가 어른이 되고 아이를 키워 보니 그 옛날 우리를 두고 떠날 때 엄마 마음이 얼마나 아팠을지 이제는 알 것 같습니다. 그 옛날 가시는 길 다치지 않고 조심히 가셨는지요?
우리가 눈에 밟혀 빨리 가지 못하셨는지 전 그게 걱정이 되었습니다.
저는 엄마 없는 하늘 아래를 살아 가는 동안 어느 한 날도 어느 한 계절도 쉬운 날은 없었습니다.
그래도 이렇게 엄마 딸로 태어나 세상을 겪으면서
누구보다 행복한 날도 느낄 수 있었기에 그것만으로 엄마에게 감사합니다.
엄마.
이제 엄마 얼굴도, 냄새도 아무것도 기억은 나지 않지만
훗날 제가 이 세상에서 주어진 삶을 다하고 그곳에 갔을 때에는 엄마를 한눈에 알아볼 수 있을 것 같습니다.

그때는 잘 살다 왔다고 칭찬해 주세요.
그리고 저를 꼭 안아 주세요.
별이 유난히 반짝이는 오늘따라 엄마가 너무 그립습니다.

-미숙이 올림-

미숙이

ⓒ 신혜인, 2025

초판 1쇄 발행 2025년 12월 5일

지은이	신혜인
펴낸이	이기봉
편집	좋은땅 편집팀
펴낸곳	도서출판 좋은땅
주소	서울특별시 마포구 양화로12길 26 지월드빌딩 (서교동 395-7)
전화	02)374-8616~7
팩스	02)374-8614
이메일	gworldbook@naver.com
홈페이지	www.g-world.co.kr

ISBN 979-11-388-5019-3 (03810)

・ 가격은 뒤표지에 있습니다.
・ 이 책은 저작권법에 의하여 보호를 받는 저작물이므로 무단 전재와 복제를 금합니다.
・ 파본은 구입하신 서점에서 교환해 드립니다.